JN015396

Judith Schalansky

Der Hals der Giraffe

ユーディット・シャランスキー

キリンの首

細井直子 訳

河出書房新社

キリンの首　目次

キリンの首

生態系

「着席」インゲ・ローマルクが言うと、クラスは席についた。「教科書、七ページをひらいて」生徒たちは七ページをひらき、授業が始まった。生態系、自然界のバランス、生物種内、生物種間および環境との相互作用、個体群と空間との相関関係について。混合林の食物網から草原の食物連鎖へとすすみ、川から湖へ、そして最終的に砂漠と干潟にたどり着く。

「いいですか、生物はけっして——動物も人間も——単独では存在しえません。生物間を支配するのは、競争の原理です。ときには協力関係のようなものが生まれる場合もある。だがそういう例はむしろまれです。共生のもっとも重要な形とは競争であり、捕食者と被食者の関係です」

インゲ・ローマルクは黒板のコケ類、地衣類、菌類からミミズとクワガタムシ、ハリネズミとトガリネズミへ矢印をひき、そこからさらにシジュウカラへ、ノロジカとオオタカへと線をのばし、最後の矢印の一つをオオカミにむすびつけた。そうして次第にピラミッドができあがっていった。その頂点に、ヒトがほかの肉食獣とならんで鎮座していた。

「ワシやライオンを捕食する動物は存在しません。それが事実です」

ローマルクは一歩うしろへ下がって、大きく枝分かれしたチョークの絵をながめた。矢印の相関図が、生産者と第一次、第二次消費者とをひとつにむすびつけている。生産者と第一次、第二次、第三次消費者、ならびに不可欠の存在である土のなかの小さな分解者、それらがみな呼吸と熱損失と生物量増加という点でつながっていた。自然界では、あらゆる物がみずからの持ち場をもつ。すべての生物とは言えないにしても、すべての種がおのれの役割、つまり食うか食われるかの役割を果たしていた。それはすばらしいことだった。

「これをノートに写しなさい」

生徒たちは言われた通りにした。

一年がいま始まろうとしていた。六月の騒乱はようやく去った。あのうだるような暑さと、むきだしの二の腕の季節。建物正面（ファサード）の窓から射しこむ強烈な日差しが、教室を温室へと変える。生徒たちの空っぽの頭に、夏への期待が芽吹く。自分の時間をひたすら無為に浪費できる日々は近いという希望が、生徒たちからいかなる集中力もうばってしまう。プールに憧れる目と脂（あぶら）っこい肌、自由への渇望と汗とともに、身体をだらりと椅子にあずけて、夏休みを夢見ている。ある者はひどくそわそわし、まるで心神喪失のような状態になる。またある者は、もうじき来る成績表のために服従をよそおい、まるで獲物のネズミを居間のじゅうたんに置く猫のように、自分のこれまでの試験の答案を教卓の上にのせる。次の授業で評点をたずねるためだけに。電卓をにぎりしめ、修正点を小数点以下第三位まで計算しようと待ち構える。

だがインゲ・ローマルクは、相手がもうすぐ目の前からいなくなるからというだけの理由で、学年末ににわかに妥協するような教師ではなかった。一人ぼっちで無意味の奈落に落ちることを恐れなかった。同僚の教師のなかからは、夏休みが近づくにつれて情に流される者も出た。そうなると授業は空っぽな茶番劇になり下がった。いかにも物思わしげなまなざし、ぽんと肩におかれた手。さあ上を向いてごらん。くだらない映画鑑賞。高評点のインフレ、「最優秀」の評価に対する反逆罪だ。そして学年末の評点をまるめるという悪しき慣習。絶望的な案件をいくつか翌年にもちこすだけだ。そうすることでだれかを助けられるとでもいうように。そういう教師は、生徒の言うことに耳を貸すのは自分の首を絞めるだけなのがわかっていないのだ。生徒たちは生命力を根こそぎ奪いとる吸血動物にほかならない。教師にとりつき、その権限と、監督義務に違反することへの不安から養分を得る。彼らは執拗に襲いかかってくる。くだらない質問や貧相な思いつきや、汚らしいなれなれしさで。まさに吸血行為以外の何物でもない。

インゲ・ローマルクからは、もうそれ以上搾取できなかった。彼女はうまく手綱を引き締め、発作的に怒ったり匙を投げたりせずに、生徒を意のままに操れる教師として通っており、自身それを誇りに思ってもいた。手綱をゆるめるのはいつでもできる。青天の霹靂のように、たまに飴玉をあたえてやればいい。

大事なのは、生徒たちに方向性を示してやること、集中力を高めるために遮眼帯をつけてやることだった。どうしても騒ぎがおさまらないときは、黒板を爪でひっかくか、サナダムシの話をしてやればいい。いちばんいいのは、決定権が彼女の手中にあることを、つねに生徒たちに感じさせておくことだ。彼らに発言権があるなどと錯覚させる必要はない。ローマルクの授業には、発言権とか選択肢は存在しなかった。そもそも選択の自由をもつ者などいない。あるのは自然による淘汰だけだ。

一年が始まる。本当はとっくに始まっていたのだが。彼女にとっては今日、九月一日が一年の始まりなのだった。今年は月曜日にあたっていた。彼女は学校暦のおかげですんなり年が越せるのをいつも喜んでいた。カレンダーを一枚めくるだけ。カウントダウンも、シャンパングラスの乾杯もない。

インゲ・ローマルクは、頭を一センチたりとも動かさずに、三列にならんだ机を見わたした。それは彼女が長年の教師生活の間に培ったものだった。全能の、動じない視線。統計上はクラスに少なくとも二人、生物学に本当に興味のある生徒がいてもいいはずだ。だが見たところ、その統計は危機にさらされているようだ。ガウスの正規分布も何のその。この生徒たちは、いったいどうやってここまで来られたのだろう。

彼らが六週間さぼっていたのは一目瞭然だった。だれ一人、教科書を開かなかっただろう。長期休暇。昔ほど長くはないとはいえ、それでもやはり長すぎた。この子たちをふたたび学校の生活リズムに慣らすまでに、最低でもひと月はかかるだろう。だが、彼らの話を聞かずに済むのはせめてもだ。そういう話はシュヴァネケにしてやればいい。クラスが変わるたびに自己紹介ゲームをするのだから。三十分後にはクラス全員が赤い毛糸でぐるぐる巻きになり、近くの席の子たちの名前と趣味を言えるというわけだ。

席はまばらにしか埋まっていなかった。人数の少なさにあらためて気づく。彼女の自然の劇場の観客は、わずか十二人だった。男子が五人、女子が七人。十三人めは、シュヴァネケが相当肩入れしたにもかかわらず、実科学校（レアルシューレ）に逆戻りしていた。たび重なる補習、家庭訪問、精神鑑定書。何かの集中力の欠陥ということだった。まったく。どこかで読んだことのありそうな発達障害のオンパレードだ。読字障害に、算数障害。次は何が来るのやら。生物学アレルギーとか？　昔は運痴と音痴しかなかった。それでも生徒は走ったし、一緒に歌った。すべては意志の問題だ。

弱者をむりに引っぱっていっても無駄だ。彼らは他の者の進歩を妨げるお荷物にすぎない。生まれつきの再犯者。健康なクラス全体にとりつく寄生虫。能力の低い者は、どうせ遅かれ早かれ取り残される。失敗するたびに新しいチャンスをあたえるより、できるだけ早い段階で真実と向き合わせたほうがいい。彼らが社会にとって十全の価値のある、有用な成員となるための前提条件をたんに備えていないという真実と。おべっかを言ったところで何になろう。全員ができるはずがないのに。わかりきったことだ。不発弾はどの学年にも必ずまぎれこんでいる。基本的な徳目を教えこめれば、それで十分な生徒もいるのだ。礼儀正しくすること、時間を守ること、清潔にすること。素行（そこう）点がなくなってしまったのは、じつに無念だ。規律正しさ、勤勉、協調、操行。いまの教育システムに欠陥があるという、一つの証拠だ。

落伍者の切り離しが遅れれば遅れるほど、危険は増す。周囲の人間を悩ませ、不当な要求をはじめる。人に見せても恥ずかしくない修了成績とか、有利な評価、果てはいい給料のもらえる仕事、幸福な生活まで。長年の支援、目先の親切、軽はずみな寛大さの結果がそれだ。見込みのない生徒に自分も同じ仲間だと勘違いさせた教師は、いつか彼らがパイプ爆弾や銃を携えて学校に乱入してきたとしても、おどろくことはない。彼らは何年もずっと約束されながら、再三おあずけにされてきたものすべてに復讐（ふくしゅう）しに来たのだ。

近頃は猫も杓子（しゃくし）も自己実現だ。ばかばかしい。公平なものなど一つもないし、公平な人間もいない。ましてや社会が公平なはずはない。ただ自然だけは公平かもしれない。淘汰の法則が私たちをいまのような存在にしたのは、それなりの理由があってのことだ。脳のしわがいちばん深い生き物。ところが、統合教育にとりつかれたシュヴァネケは、またしても放っておけなかったのだ。机でアルファベットを作ったり、椅子を半円にならべたりするような人間に、いったい何が期待できるだろう。しばらく教卓をかこんで大きなUの字を作らせていたかと思えば、最近は角ばったOの字だという。生徒たちとつながっていられるように。始めも終わりもありません、あるのはただまあるい瞬間なのですわ。いつか職員室でそう高らかに宣言していた。シュヴァネケは十一年生に、友だちと話すように親しげに話しかけさせていた。先生のこと、カローラって呼ぶんだって。女子生徒がそう話しているのを、インゲ・ローマルクは耳にした。カローラだって。勘弁してほしい。美容院にいるんじゃあるまいし。

一方インゲ・ローマルクは、九年生以上の生徒とは大人と同じ丁寧な言葉づかいで話すことにしていた。それはあの頃からの習慣だった。子どもたちはこの年齢に達すると、宇宙、地球、人間、そして社会主義のシンボルであるカーネーションとともに、正式に青年の仲間入りをしたものだった。生徒たちに自分の未熟さを思い知らせ、彼女に近寄らせないようにするために、これ以上に効果的な手段はなかった。

プロフェッショナルな関係に、親しさや理解は必要ない。生徒たちが教師に気に入られようとして媚びを売るのは、みじめとはいえ、理解はできる。権力者にすり寄るわけだ。許しがたいのは、教師の側がまだ半人前の生徒たちに取り入ろうとすることだ。教卓に半分お尻をのせたり。ファッションやことばを真似たり。首にカラフルなスカーフを巻いたり。髪に金髪のメッシュを入れてみたり。生徒たちに合わせて、教師がへりくだる行為だ。尊厳を欠いている。自分も生徒たちの仲間だという束の間の幻想のために、品位の最後のかけらを手放したのだ。その先頭に立つのはもちろん、シュヴァネケとお気に入りの生徒たちだ。休み時間に内緒話に引きずりこまれる女子。まとわりつく視線と赤い唇で安っぽい信号刺激ショーを見せつけられる、声変わりの犠牲者の男子。シュヴァネケはしばらく鏡を見ていないにちがいない。

インゲ・ローマルクにお気に入りの生徒はいなかったし、これからもそれを変えるつもりはなかった。だれかに夢中になるというのは、未熟な誤った感情の横溢であって、青少年が陥りがちな、ホルモンによる興奮状態だ。母親のスカートの裾につかまるのは卒業したが、異性に興味をもつにはまだ幼い。それで代わりに、どうしようもない同性の友人や手の届かない大人に、未発達な感情の矛先が向けられる。そばかすだらけの頬、ねばっこい目、ぴりぴりした神経。痛恨の見当違いだが、通常は生殖腺の成熟が完了するとともに、ひとりでに解決する。だが専門的能力を欠く教師は、性的信号の助けを借りて、やっとのことで授業の中身を売りつける。ご機嫌とりの見習い教師。いわゆる人気教師。シュヴァネケ。

職員会議で、どうしようもない八年生の男子生徒に肩入れする理由を説明したときのシュヴァネケ。眉間にしわを寄せ、真っ赤に塗りたくった口で、教師たちにむかって叫んだ。わたくしたちには、どの生徒も必要なのですわ。よりによって彼女が。子どものいないシュヴァネケ、少し前に夫にも捨てられたシュヴァネケ。子どもは未来だ、などともう少しで言い出しかねない勢いだった。

未来だなんて、とんでもない。この子たちはだんじて未来なんかじゃない。正確に言うなら、過去だ。なぜなら、彼女の前にいるのは九年生だからだ。（チャールズ・）ダーウィン・ギムナジウムで学ぶ最後の学年。四年後に大学入学資格試験（アビトゥーア）を受ける子たちだ。インゲ・ローマルクは、このクラスの担任をつとめることになっていた。ただの九年生。昔のようなAからGまでのクラス分けは必要ない。以前は学年ごとに、少なくとも数の上では、戦争でいう中隊ほどの人数がいたものだ。だがもう一度、とにもかくにも一クラス分の生徒がかき集められた。ほとんど奇跡だ。もともと州でいちばん出生数が少ない学年だったのだから。これより下の学年は、もう人数が足りなかった。ダーウィンはもうおしまいだという噂（うわさ）が広まり、近隣の地域学校（レギオナルシューレ）三校の教師が協議して、ギムナジウムへの編入推薦状を多めに出したが、それでもどうにもならなかった。結果として、読み書きがある程度できる子は、すべてギムナジウム生に格上げされることになった。

教師からどんな推薦状をもらおうが、自分の子はギムナジウムへ行くべきだと信じて疑わない親というのは昔からいた。ところがこの町には、もはや十分な数の親すらいないのだ。

いや、この子たちが進化の頂点に輝くダイヤモンドだとは、彼女にはどうしても思えなかった。発達は、成長とは別物だ。質的変化と量的変化の大部分が互いに無関係に起きることが、ここで恐ろしいほどはっきりと示されていた。この幼年期と思春期のあいだの曖昧な境界期において、自然は見た目に美しいとは言えなかった。発達の一過程。成長中の陸上脊椎動物（せきついどうぶつ）。学校とは飼育用の囲いだった。さあ、いとわしい時間が来た。この年代特有の臭気を何とかするために、教室を換気するのだ。麝香（ムスク）、発散するフェロモン、密集、ゆっくり形をととのえていく身体、汗ばんだ膝窩（ひかがみ）、脂っぽい肌、とろんとした目、止まることのない成長と増殖。性的成熟以前の生徒を教えるほうが、はるかに簡単だった。何より難しいのは、彼らのぼんやりした表情の裏側で何が起きているかを探ること。追いつけないほど先を走っているのか、それとも大改造中のためにずっと後ろに取り残されているのか。

　彼らには自分の現状についての自覚も、それを克服するための自制心もまるで欠け落ちていた。ぼんやりと宙を見つめている。無感動で、いかにも過大な要求をされているといわんばかり。自分のことにしか関心がない。抵抗もせず、怠惰に身を任せている。地球の重力が彼らにだけ三倍かかっているかのようだ。何をするのも最大限にだるい。彼らの肉体がもつすべてのエネルギーは、イモムシの羽化にも劣らぬほど苦悩にみちた変身（メタモルフォーゼ）のために、まるごと費やされていた。もっとも、蛹（さなぎ）から蝶（ちょう）が出てくることは稀だった。

　大人になるということは、この不恰好な中間形態を必要とした。そこでは第二次性徴がまるで潰瘍（かいよう）のように進行していく。人類の進化が困難なものであったにちがいないことを、ここで早送りで見られるわけだ。系統発生をなぞるのは、個体発生だけではない。思春期もそうだ。彼らは成長し

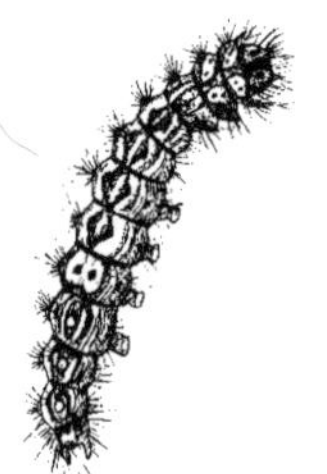

ていた。来る日も来る日も、少しずつ。そして夏を過ぎると、もう見分けがつかないほどだった。素直な少女がヒステリックな野獣に豹変し、利発な少年が粘液質のプロレタリアと化した。加えて、パートナー選びの不器用な真似ごとがはじまる。いや、自然は独創的とは言えなかった。ともあれ公平ではある。それは病気に似たような状態だ。過ぎ去るのをただ待つしかない。生物は大型化して寿命が長くなるほど、青少年期が長期化する。人間は成熟するまでに、一生の三分の一を要する。ひとり立ちするまで、平均十八年間。ヴォルフガングに至っては、最初の結婚でできた子どもたちが二十七歳になるまで養育費を払わねばならなかった。

要するにここに座っているのは、まったくの人生の初心者たちなのだ。鉛筆をけずり、黒板のピラミッドを書き写し、頭を五秒おきに上げたり下げたりする。まだできあがってもいないくせに、当たり前のような顔で厚かましく完璧を要求する。彼らはもう、いつでもどこでもだれかに寄りかかり、見えすいた言い訳で人との距離を無視して身体的接触を強要し、まるで長距離バスでからんでくるチンピラのように、他人の顔を穴のあくほど見つめるような子どもではない。彼らはうら若き大人であり、すでに生殖能力はあるけれども、早く摘み取りすぎた果物のように未熟なのだった。彼らからすれば、インゲ・ローマルクは年齢不詳だろう。いや、むしろ単に老けているとしか思っていない可能性のほうが高い。生徒たちにとっては、もはやそれ以上変わらない状態。若者は老いていく。だが老人は老人のままだ。彼女はとうに半減期を過ぎていた。幸いなことに。だから少なくとも、生徒たちの目に映る彼女の容貌が目に見えて変化することはないだろう。そう考えるとほっとした。一方、彼女は彼らが成長していくさまを見ることになるわけだ。彼女の成長を他の人々が見てきたのと同じように。それを知っていることが、彼女に力を与えた。いまはまだ、どの生徒も見分けがつかないほどそっくりで、学年目標にむかって進む一つの集団にすぎなかった。だがそれも束の間、すぐにめいめい抜け目なく動きはじめ、互いに匂いを嗅ぎとり、仲間を見つけるだろう。そして彼女自身ものろまな駄馬は無視して、いずれかのサラブレッドにひそかに賭けるようになるのだ。何度か彼女の勘が的中したこともあった。ある男子生徒はパイロット、ある女子生徒は海洋生物学者になった。こんな田舎町にしては、なかなか悪くない収穫だ。

　最前列に、おどおどした感じの牧師の息子が座っていた。木の十字架、ロウソクのしみ、リコーダーのレッスンとともに育ってきたような子。最後列には、めかしこんだ女子生徒が二人。一人はガムを噛み、もう一人は馬のたてがみみたいな黒い髪をたえず気にして、手でなでつけたり、毛束ごとに調べたりしている。そのとなりは明るい金髪の、小学生くらいの身長しかない男子。男女の発育がいかに不平等かという悲劇を、自然が見せてくれていた。

　右手の窓際のいちばん後ろで、霊長類の雄一頭が身体をゆすっていた。そのぽかんと開いた口は、下品な言葉を吐いて縄張りを主張する瞬間をひたすら待ちかまえている。あれで胸をドラミングしたら完璧だ。あの手の子には何か課題をあたえてやらないと。彼女の目の前に、生徒たちが自分の名前を記入した紙がおかれていた。法律上有効な署名の一歩手前の、ミミズのような字がならぶ。ケヴィン。なるほど、まさにぴったりの名前だ。

「ケヴィン！」ケヴィンはとびあがった。

「この地域の生態系をいくつか挙げなさい」ケヴィンの斜め前の男子がにやにや笑った。よろしい、次はそっちだ。

「パウル、外に生えているあの木は、どんな木ですか」パウルは窓の外を見た。

「ええと……」弱々しい咳払い。同情したくなるほどだ。

「けっこう」心配そうな顔つき。

「それ、習ってないっすよ」ケヴィンが主張した。もうちょっとましなことを思いつかなかったのか。管腔臓器なみの脳みそだ。

「おや、そうですか?」今度はクラス全体にむかって。正面攻撃。

「皆さん、もう一度よく考えてみなさい」

静寂。ようやく最前列のポニーテールが手を挙げ、インゲ・ローマルクはその生徒を指名してやった。もちろんわかっていた。この手の女子生徒は毎年いる。授業中、ぬかるみにはまった荷馬車を引っぱりだしてくれる、ポニーテールの子馬ちゃん。教科書はこういう女子生徒たちのために書かれていた。コンパクトにまとめられた知識に飢え、暗記項目をキラキラペンでノートに書きこむ。こういう子たちはまだ、教師の赤ペンで萎縮させることができた。無限の権力を発揮する、子どもじみた道具。

ローマルクは彼らを全員知っていた。一瞬で見抜いた。こういう生徒たちをこれまで山ほど、何クラスも見てきたのだ。来る年も来る年も。彼らは自分たちが特別だなどとうぬぼれる必要はない。何の意外性もない。ただ芝居の配役が変わるだけだ。で、今年の顔ぶれは?座席表を一瞥すれば十分だった。名は体を表す。すべての生物に通称と科名がある。種、属、科、目、綱。だが、

フェルディナント 愛想はいいが落ち着きがない。落ちくぼんだ目。巻き毛モルモットなみにつむじがたくさんある。就学を急ぎすぎ。明らかに晩熟。

ケヴィン ぞんざいで大口たたき。上唇のまわりのまばらな産毛、皮脂まみれの顔。愚鈍なくせに挑発的——最悪の組み合わせ。おとなしくさせるには、ひっきりなしに餌をやるしかない。だれかにかまってほしくてたまらない。かなりの障害度合い。神経にさわる。

パウル ケヴィンの強力なライバル。よく成長した体格、発達した筋肉。表情豊か。たてがみのような赤毛。血色のいい唇にいつもにやにや笑いを浮かべる。頭はいいが怠惰な生徒の典型。抵抗力があり、危険を恐れない。

トム 醜いほどの肥満体。太った顔に小さな目。気が抜けた表情。昨夜の夢精でまだぼうっとしている。ホライモリのほうがまだかわいい。バランスの悪い体形が成長とともに修正される見込み、ほぼなし。

アニカ 茶色いポニーテール、退屈な顔。かなりの野心家。楽しげでない。ミツバチのように勤勉。人前で発表したがる。生まれつきの学級委員長。面倒くさい。

ヤーコプ 牧師の子。最前列に座る生徒の典型。胸幅狭し。眼鏡をかけていても目を細める。神経質な指。モグラの毛皮のように密生した髪。みだらなほど透明感のある肌。兄弟は少なくとも三人。邪心なし。

ジェニファー　金髪に染めている。真一文字にむすんだ口。早熟。生まれつき自己中心。改善の見込みなし。恥知らずなほどの胸、コンテスト級。

サスキア　化粧しなければなかなかの美人かもしれない。均整のとれた顔、高い額。眉毛を抜いているため間が抜けた表情、強迫的な毛づくろい。

ラウラ　発育しそこねた、血の気のない顔、たるんだ瞼の上でまっすぐ切りそろえた前髪。ぼんやりした目。吹き出物だらけの肌。野心も関心もない。雑草のように目立たない。

タベア　野生児。傷んだズボン、穴の開いたセーター。ベビースキーマの顔。すさんだ目。左手で字を書くため背中が曲がっている。その他とくに将来性なし。

エリカ　荒れ野の植物。つねに悲しげ。前かがみの姿勢。乳白色の肌にそばかす。噛んで短くなった爪。房状の褐色の髪。片方の目がもう一方より高い。顔を傾けてじっと見る。眠そうだが同時に覚醒している。

エレン　ひたすら耐え忍ぶタイプ。突き出た額、ウサギの目。休み時間にからかわれて泣きそうな顔。いまからオールドミスのようなあぶれ者。一生、被害者のまま。

とりあえず下の名前（ファーストネーム）だけ覚えることにしよう。

なるほど。いつもと同じだ。とくに意外なことはない。ポニーテールは発言しおわった。ひらいた両手を机にのせ、固唾（かたず）をのんで黒板を見つめる。

インゲ・ローマルクは窓辺に近づいた。午前中のやわらかい日だまりのなかへ。なんて気持ちがいいのだろう。木々はもう色づきはじめていた。分解された葉緑素（クロロフィル）が、葉のなかにふくまれる明るい色素体に舞台をゆずっている。カロテンとキサントフィル。柄（え）の長い、曲蛾（マガリガ）に食い荒らされた栗の葉は、ふちが黄色くなっていた。もうじき別れゆく葉のために、木々がこれほどの手間をかけるとは。教師の自分とそっくりだった。毎年同じことのくりかえし。かれこれ三十年以上になる。毎回一からやり直しだ。

共に獲得した知識のありがたみを認識するには、彼らはまだ若すぎるのだ。感謝の念など期待すべくもない。ここで重要なのは、被害を最小限に食い止めることだけ。それがせいぜいだ。生徒というのは記憶をもたない生き物だ。彼らはいつか皆去っていく。そしてチョークの粉で手をパサパサにした彼女だけが一人とりのこされる。この生物室の、図表を巻いた筒や、視覚教材をおさめたガラスケースの間に。あちこち折れた骨格標本、裂傷のある臓器のプラスチック模型。毛皮に焼け焦げた穴のあいたアナグマの剝製（はくせい）が、死んだ目でガラスごしにぼんやり見つめている。いつか彼女もそんなふうになっているかもしれない。死後もなお大学と結ばれていたいと願った、あのイギリスの学者のように。彼はミイラとなって、毎週会議に出席することを望んだ。彼の最後の願いは叶（かな）

えられた。遺体に彼の服を着せ、麦わらをつめた。頭蓋骨には防腐処理をほどこした。ところがその過程で失敗し、結局は蠟でできたレプリカの頭部を遺骸に載せることになったのだ。彼女はそれをロンドンへ行ったときに見た。クラウディアが一時期、そこの大学で学んでいたのだ。彼は巨大な木製のキャビネットのなかの、ガラスのむこうに鎮座していた。散歩用の杖と麦わら帽子、緑色の革手袋といういでたちで。その手袋は、彼女が一九八七年の春にエクスクイジットの店で買ったものとそっくりだった。八十七マルクもした。ウラジーミル・イリイチ・レーニンは少なくとも眠りにつき、共産主義の夢を見ることができた。だがこの英国人は、今日まで任務についている。講義室の建物の入口で、毎日学生たちを見守っているのだ。キャビネットは彼の墓だった。そして彼は彼自身のモニュメントなのだった。永遠の生命。臓器提供よりましだ。

「人間というのは、年をとって」彼女は突然話しはじめた。「年をとって、他のことはすべて忘れてしまってもなお、学校の頃のことは覚えているものです」彼女はくりかえし自分の学校時代の夢を見た。とくに大学入学資格試験の夢を。彼女はそこに立ち尽くしている。何も頭に浮かばない。目が覚めてから、心配しなくていいとわかるまで、しばらくかかる。彼女はこちら側の、安全な側にいるのだ。

　彼女はくるりとふりむいた。生徒たちのあっけにとられたまなざし。気をつけなければ。ぼんやりしていると、くだらないことばかり話してしまう。好きな朝食。失業率が高い原因。ペットの葬式。クラス全体がにわかに活気づいて、その時間はお流れになる。綱渡りをするように、何とか生態系に話をもどさなければ。もりあがっていた生徒たちが、たちまちうつろな表情になる。天気はもっとも危険だ。あっという間に個人の精神状態にのりうつるからだ。だが、彼女からは何も聞き出せない。話の糸を、とぎれた所からまたたどっていくだけだ。彼女はことさらゆっくりと教卓へ戻った。色づきはじめた葉と、致命的な天気に背を向けて。前方への逃走。

「アルツハイマー病や認知症の患者が、子どもの名前も配偶者の名前も思い出せないのに、生物学の教師の名前は覚えているという場合があります」悪い経験は、いい経験よりも記憶に残りやすい。「誕生や結婚は、たしかに重要な出来事かもしれない。でも、それらのための場所は記憶のなかに確保されません」脳はザルだ。

「覚えておくように。確かなものなど何一つありません」彼女は自分の頭を人差し指でつついてみせた。

生徒たちはとまどったような顔をしている。

教科書を先へ進めよう。

「世界にはいま、約二百万種類の生物がいます。しかし環境条件が変われば、彼らの存在はおびやかされる」

まったく関心がないようだ。

「すでに絶滅した動物を知っていますか」

何本か手が挙がる。

「ただし、恐竜以外で」

すぐに手が下がる。子ども部屋に蔓延(まんえん)する例の病気だ。ツグミとムクドリの違いも知らないくせに、絶滅した巨大爬虫類（はちゅうるい）の分類はすらすら言える。何も見ずに、ブラキオサウルスを描ける。滅びへの幼い熱狂。そのうち自殺の考えをもてあそぶようになって、夜中に墓地をうろつきまわる。彼岸とのたわむれ。死への衝動というより、流行としての死。

「たとえば、オーロックスがそうです。ノウマの原種や、タスマニアのフクロオオカミ、オオウミガラス、ドードー。それから、ステラーカイギュウも」

何のことかわからないという顔。

「ベーリング海に生息した、巨大な生物です。重さ何トンもの体と、小さな頭部、退化した四肢。皮膚の厚さは何センチもあって、カシワの老木の樹皮のような手触りだったそうです。静かな生き物で、鳴き声をたてることはなかった。傷つけられたときだけ、短いため息をもらしたそうです。もともとおとなしい性格で、好んで海辺に寄ってくるので、人間は簡単にさわることができた。殺すことも」

「どうしてそんなに詳しく知ってるんですか」エリカだ。手も挙げず、思わず口にする。

もっともな質問だった。

「ゲオルク・シュテラー、ドイツの博物学者のおかげです。生きたステラーカイギュウを最後に見た一人です」

エリカは真剣にうなずいた。理解したのだ。この子の親の職業は何だろう。昔はクラスの出席簿を一目見れば十分だった。インテリゲンツィア、サラリーマン、労働者、農家。役人から労働者へ、牧師からインテリゲンツィアへ。

エレンが手を挙げた。

「どうぞ」

「それでカイギュウはどうなったんですか」やはり。同じ苦しみを分かち合う者のにおいを嗅ぎつけたのだ。

「食べました。牛肉のような味だったそうです」牛は牛というわけだ。

だが、そろそろ現存する生物にもどろう。

「では、絶滅に瀕（ひん）している動物にはどんなものがいますか」

手が五本挙がる。

「パンダ、コアラ、クジラは忘れなさい」

ふたたび手が一本、また一本下がる。ぬいぐるみのための動物保護。バンビ効果。ぬいぐるみ産業のためのマスコットキャラクター。「たとえば、この国の在来種はどうでしょう」

全員が当惑している。

「アシナガワシは、ドイツにもう百組（ペア）ほどしかいません。農家が助成金をもらって、農地をそのために休耕地にしている例もあります。そうすればワシが獲物を襲いやすくなるからです。彼らが餌とするのは主にトカゲや鳴禽（めいきん）類。卵を二つ産みますが、生き残れるのはそのうちの一羽だけ」正しく強調する。全員が耳をすます。「先に卵から孵（かえ）ったヒナが、後から孵ったヒナを殺してしまうからです。くちばしで何日間かつつきつづけ、とうとう死んでしまうと、自分だけが親鳥から餌をもらえるわけです。この行動は先天性カイニズムと呼ばれています」一列目の生徒に目をやる。牧師の息子は動揺した様子もない。この子はもう無邪気な信仰をなくしたのだろうか。生き残るためには、聖書でノアの方舟に乗った男女一対だけでは不十分だ。ではもう一度。

「つまり、兄弟の一方が他方を殺すということです」

驚愕(きょうがく)の沈黙。

「残酷ではありません、自然なことです」場合によっては、子殺しが子孫存続のために不可欠なことすらある。

これでクラスが活気をとりもどした。殺し、暴力。

「だったら、そもそもなんで二つ卵を産むんですか」パウルだ。本当に答えを知りたがっているようだった。

「もちろん、スペアです」簡単なことだ。

「でも、親鳥は？」タベアが目をまるくしている。

「見ているだけです」

休み時間の合図がひびく。まずはこれが手始め、最初の授業だった。

しめくくりの言葉としては悪くない。むしろぴったりだ。チャイムはちゃんと鳴らずに、ジージー音をたてている。まだ壊れたままなのだ。夏休み前にカルコフスキーに頼んでおいたのに。カルコフスキーの所へ行ったのは初めてだった。古い燃料庫の一角にしつらえられた用務員室。壁じゅうに動物のポスターが貼ってある。きちょうめんに片づけられた机。そしてもう何年も前に地域暖房に切り替わったにもかかわらず、いまだに石炭のにおいがした。彼女はボール紙をとりのぞいてほしいと頼んだ。十三年生が卒業前最後のいたずらに、チャイムの奥にはさんだのだ。カルコフスキーはくたびれた事務椅子にもたれて、復讐がどうのこうのと言った。人生の一年を無駄にさせられた卒業生たちの復讐だと。かなり本気で言っていた。ほとんどカトゥナーのような口ぶりだった。壁にたくさん貼られた自然の写真。そこに胸をあらわにした女の写真がまぎれていた。他のたくさんの動物のなかの、一匹の裸の動物。用務員はやはり用務員だ。だが、彼の言うことはじっさい正しかった。学習指導要領がたびたび改定され、あっちへ行ったりこっちへ来たりを永遠にくりかえす。州議会決議、文部省。教材はもちろん十二年でも終えられる。十年でもいけるだろう。余計なものをすべて省けば。たとえば、くだらない芸術科目をそっくりまるごととか。それにしても、チャイムを直すくらいできるはずだ。

生徒たちはもう教科書をカバンにしまい、ドアを視界にとらえていた。だが、インゲ・ローマルクはあえて引き延ばした。力関係をはっきりさせること。最初の授業からだ。

「起立」

生徒たちは言われたとおりにした。授業の最初と最後に生徒を起立させるのは、まちがいなく有効な一つの合図、チャイムの音を補完するものだった。彼女の教授法は、長年の教師生活のうちにつくりあげられ、しだいに細分化されたさまざまな措置からなりたっていた。遅かれ早かれ、経験がすべての知識に取って代わる。実践で通用したものだけが真実だった。

「木曜日までに……」この瞬間をさらに引き延ばすために、深く息を吸った。「……五番と六番の課題をやってくること」

わざと間をとる。

「では、解散してよろしい」その声は慈悲深くひびいた。そう意図したのだ。生徒たちはたちまち教室から出ていった。

　インゲ・ローマルクは窓を開けた。やっと新鮮な空気が吸える。木々の葉がさらさらと音を立てている。キャンプファイヤーのにおい。だれかがもう落ち葉を燃やしているらしい。深呼吸。いい気持ちだ。秋のにおいがする。

　もう何も変わらないだろう、何もかもこのままつづいていくだろう、と思う頃に、いつも次の季節がやってくる。物事の自然な移り変わり。反射的に記憶が呼び起こされる。去年は何があったろう。カトゥナーの告知。途方に暮れていた同僚たち。いったい何を考えていたのだろう。最後の瞬間に、知識人の大家族がこの町に引っ越してくるとでも？　来るとしたらモルモン教徒くらいだ。そして彼らの近親婚で生まれた子どもには、どっちみちギムナジウム進学は無理だろう。では一昨年は？　最初のダチョウ。九羽。ヴォルフガングは九羽を識別できるように、色のついた靴下どめを付けさせた。カラフルな靴下どめを付けたダチョウが、牧草地を走り回る。それですっかり噂になった。毎日見物人が訪れた。雌が八羽、雄が一羽。それがいつのまにか三十二羽に増えた。一クラス分だ。少なくとも昔の一クラス。

　彼女は教室に鍵をかけた。

「もうちょっとだけ高くしてちょうだい」

今度はこれか。廊下にシュヴァネケが、十一年生の男子生徒二人と一緒に立っていた。生徒たちは額を壁におしつけている。シュヴァネケが窓にむかってつま先立ちになり、腕を振って指揮している。ジーンズの上に短いワンピース。ほら、つかまえて、わたくしは春の化身よ。

「ええ、それでいいわ」シュヴァネケは空中で指をひらいてみせた。

「まあ、ローマルク先生！」シュヴァネケはうれしそうなそぶりを見せた。「わたくし、廊下を少しばかり綺麗にできるんじゃないかと思いましたの。この学年を印象派で始めるとしたら……」

いまや壁には、絵の具を塗りたくった沼のようなものの横長の絵がかかっていた。

「考えてみましたの……モネのスイレンなら、ローマルク先生のクラゲにぴったりだって」シュヴァネケは両手を打ち合わせてみせた。「それに先生のクラゲには、お友達が必要なんじゃないかしらって」

信じられない。よくもまあ、ぬけぬけと。自分の水生植物の絵を、メドゥーサのような見事なクラゲの絵からたった三十センチほどしか離れていない場所にかけるなんて。美術室が同じ階にあるだけでも最悪なのに。おかげで、絵の具でにごった水を抱えた生徒たちが、ひっきりなしに廊下にあふれていた。彼女はこれまでちゃんとテリトリーを守ってきた。カローラ・シュヴァネケの壁はトイレのむこう側、インゲ・ローマルクの壁はこちら側。これは絶対にやりすぎだ。とはいえ、たかが数枚の醜い絵のために、学年初日から戦争をするのはいかがなものか。とにかく落ち着こう。利口な獣はじっと待つものだ。

「ヘッケルのクラゲですよ、先生。私のではなく、ヘッケルのクラゲです」

「こちらに描かれているのは、印象なんです。名前のとおりですわ。つまり画家がうけた印象を、そのまま直接描いているんですの」シュヴァネケは上機嫌だった。十一年生の二人はぼんやり突っ立って、ばかみたいに頷きながら、ここから逃げ出して休み時間にするのをためらっていた。シュヴァネケのことをカローラと呼ばせてもらえるという、ただそれだけの理由で。

不恰好な、異様に横に長い絵に描かれているのは、ひどく目がチカチカするものだった。腐ったような色の上に、カビのようなしみがあちこちついている。すべてが泥のなか、小さな沼の、腐った水の底に根をはっている。甘ったるい腐敗臭とカビのにおい。近代だろうと何だろうと、自然の美に異化は必要ない。自然に迫ることができるのは、ひとえに精密さによってのみ。

それに対してヘッケルのクラゲは、なんと魅力的で明瞭なのだろう、なんと思い切った絢爛さだろう。クロカムリクラゲを下から見た図。ライラック色の襞状の放射管、花の萼のような八角形の口柄が見える。真ん中はハチクラゲの深紅の漏斗。水色の襞飾りのペチコートから、波打つ触手が伸びている。水晶のように澄んだ星で飾られた、小さな妹たちにとりまかれて。そしていちばん右は、ガラスのように透き通った華麗なハナクラゲ。その突起のある傘から、ほとんど左右対称の二本の触手が生えている。花綱のように伸びたその触手は、真珠の粒のような赤色の刺胞でおおわれている。二つの横断面図がその左右をかこむ。一つはレンブラントチューリップを思わせる赤と白の燃えるような羽がついており、もう一つは白人の脳のように均質だ。

彼女はこれらの見事な図版を、クラゲの専門書から切り取ってきたのだった。硬い表紙のその本を、学校の保管庫で見つけたのだ。保管庫はいい。地下室の穴蔵に、すり切れた壁新聞やガラスの額に入った肖像画、薄い額入りの絵、ベニヤ板に貼られたキャンバス地の複製画が追いやられてい

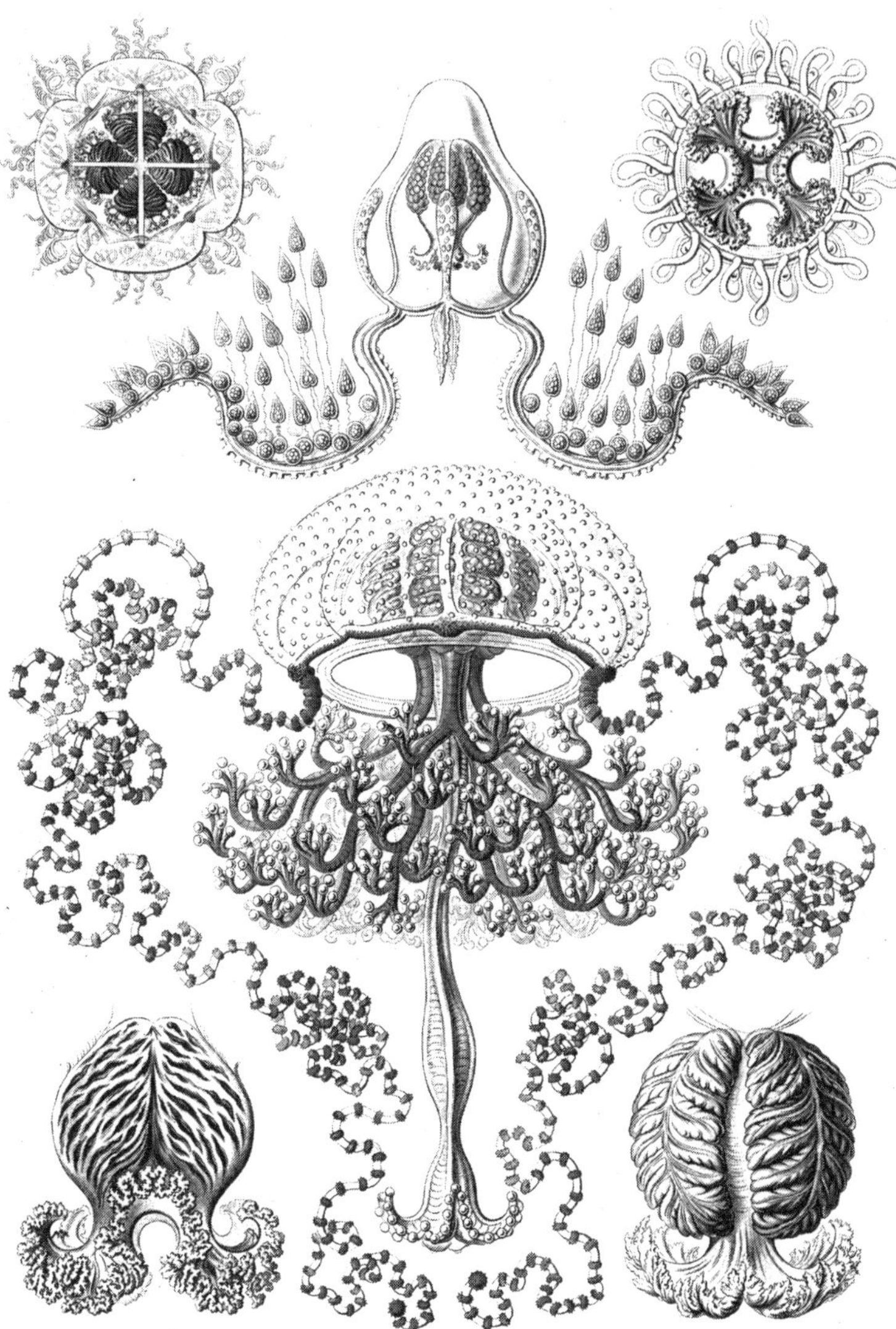

た。まるく赤い頬の動物園のペーター少年、バルト海の海辺の若いカップル、日の光で色あせたヒマワリ。あちこちの壁が急に裸になってしまった。そこへカルコフスキーが彼女のために、このクラゲの絵を銀縁の額に入れてくれたのだった。この絵を日々眺めるのは慰めだった。はじめにクラゲありき。他の生物はすべて後から来た。クラゲの完璧さは比類なかった。左右相称動物にはこれほど美しい生物はいない。放射相称動物に優る生物はいないのだ。

もう十分だ。

「クラゲは海水域の生物、スイレンは淡水域です。ではごきげんよう、シュヴァネケ先生」真に美しいもの、本当に偉大なものに対する感受性が欠落した人間と争っても無意味だった。

中庭には大休憩の間、下級生たちが群がっていた。上級生は教室にとどまってよいという新たな特権を享受していた。イング・ローマルクはそれには反対していたのだが。新鮮な空気と日光は、いかなる年齢の生物にとっても重要だからだ。エネルギーの変換だけを考えてもそうだ。クレーンとロケットとラジオが描かれた、風化したモザイク壁画の下に、ゴミバケツをかこんで立っているのは十年生だけだった。不器用にタバコを隠そうとする様子はあまりに哀れで、必要な措置をとる気も失せた。しかも礼儀正しく挨拶までしてくる。どっちみち校内の見回りは、チェーンスモーカーのベルンブルクの担当だ。しかし彼女の姿はどこにも見えない。学年開始早々、どうせまた欠勤したのだろう。大事をとって。

本館は一九七〇年代に建てられた二階建ての建物だった。事務室に最近飾られた航空写真に写っているように、上から見ると、斜めに傾いて縮んだHの形になっている。その下に、大きなIの字形の専門教室棟。まるで虫垂を移植したような恰好だ。砂地にならぶ二つの茶灰色のアルファベット。建物の基礎部分の施工が悪い。雨樋（あまどい）の裏側のコンクリートは侵食が進み、側面の壁がつねに湿っている。敷石を敷いた何本かの細い通路が、長方形の赤レンガの体育館に通じている。本館の入口の壁には、赤いスプレーで落書きがしてあった。「ダーウィン絶滅！」

リロ・ヘルマンを思い出させるものは、もはや何も残っていなかった。当時、何事も徹底的にやろうとして、ベニヤ板の絵もろとも、古い名前も処分してしまったのだった。いわゆる拡大上級学校（EOS）を、真っ先にギムナジウムと改称したのだ。諸民族友好広場（プラッツ・デア・フェルカーフロイントシャフト）や、ヴィルヘルム・ピーク・シュトラーセ通りよりも先に。リロ・ヘルマンは死んで、永久に忘れ去られてしまった。あと四年でここも終わりだ。インゲ・ローマルクも。彼女は何の幻想も抱いていなかった。どこかでもう一度、一から始める？　彼女はごめんだった。老木は移植しないものだ。それにローマルクは一人の女性であって、木ではなかった——そして男性でもなかった。カトゥナーはもう一度子どもを作った。少なくともそういう噂だった。かつての教え子と、大学入学資格試験（アビトゥーア）のすぐ後に。刑法上はクリーンだった。おそらく何も問題はなかったのだろう。どうでもいいことだ。男ざかり。彼女と同い年だ。あのおやじ。もしかしたらローマルクは八十歳、九十歳まで生きるかもしれない。いや、統計的に見れば、その可能性はむしろ高い。彼女は出生率低下と高齢者過剰を示す人口ピラミッドの、ピンク色の出っ張り部分に該当した。モミの木からミツバチの巣箱へ、ミツバチの巣箱から骨（こつ）

壺へ。皆がこぞって墓場へむかう。平和な時代に産めよ増やせよ。戦争の打撃にピルの打撃。おまえの足をお出し。八十、九十年の寿命。人生に何をそんなに期待するのか。最後になお、そんなにたくさん期待が残っているのか。彼女にその時間にいったい何をしろと。ただ待ちながら、お茶を飲むとか？　悪くないのかもしれない。待ちながらお茶を飲む。退屈することはないだろう。彼女はけっして退屈しなかった。だが、もう一度新しいことを始めるというのは、どうなのだろう。何をすればいいと。何か新しいこと？　いや、やはり老木だ。木と同じように年をとっている。五十五本の年輪、その年輪の幅はまちまちだ。春材と秋材。移り変わる生育環境。木目の代わりにあるのは、しわ。他の年と同じ年など一つもない。しかし、どの年もすべて過ぎ去った。いずれにしても引っ越しは論外だ。ヴォルフガングとダチョウがいては無理だ。ようやくヒナを孵すようになったばかりなのだ。それよりクラウディアが帰ってくればいい。もう十分家を離れていたのだから。外国経験を積むのだといって、もう十二年にもなる。ほとんど永遠の半分といってもいい。あの子ももうそれほど若くないのだから、そろそろまともな暮らしを始めたらどうなのか。たとえば家を建てるとか。ダチョウ小屋のわきがまだ空いている。干拓地が見わたせる素晴らしい土地だ。そうしたら毎日クラウディアの所に寄って、一緒にコーヒーを飲みながら、草原をながめる。そもそもクラウディアはコーヒーを飲むだろうか。もういい加減、帰ってきていい頃だ。

　職員室では、ティーレとマインハルトが弁当を食べているところだった。口にほおばったまま、挨拶をする。担当予定表のとなりに、眼鏡をかけたリロの写真が残っていた。勇気ある女性、共産主義者で、化学を学ぶ学生で、かつての正義のために犠牲になった殉教者。それから子どもの写真が載った新聞記事の切り抜き。イタリアの街の名前を黒板に書いて、呆けたような笑いを見せている。そのとなりに、この町の宿泊付き生涯学習講座の案内。よその巣に入りこむ寄生動物。生活のための基礎講座、フェルトの室内ばき作り、紙漉き、哲学講座。死を間近に控えた人間のための作業療法。

カトゥナーが入ってきて皆に挨拶し、担当予定表を確認する。フックの付いた木の板に、カラフルな三角形の札が並んでいる。このばかげた予定表を組むために、カトゥナーは毎週二時間分を計上していた。

「やあ、インゲ、きみは何の講義をやるのかね。家庭で使える生物学なんていうのはどうかな」言いながら、彼は予定表の札をいくつか入れ替えた。「それともキノコ狩り講座とか。庭の害虫駆除なんかもいいんじゃないかね」

「どうも、カトゥナー」好きなだけ生涯学習講座の話をしているがいい。そう簡単におびき出されるものか。もちろん、彼女は残ることもできなくはない。いずれ生涯学習講座がこの校舎を引き継ぐことになるのだろう。すでにいちばん下の階に入居した講座もいくつかある。だが、彼女はごめんだった。他の教師はやればいい。自然科学は趣味には向かない。細胞の構造やクエン酸回路のことなど、だれも知りたがらない。それよりも有名な先祖を探したり、星占いをしたり、外国語を学んだりするほうがいいのだ。東アジアのスライド上映とか。それからまた世界の別の場所を見てみる。だが、世界なら本当はここにあるのだ。森や野原、川、湿原。それらがすべて、無数の動植物に貴重な生活圏をあたえている。そこには環境省が自然保護対象にした種もたくさん含まれる。そのうちの何種類かはきわめて数が少なくなっているため、各個体が追跡調査されているものすらある。新参者の種が見つかることも再三ある。招かれざる客、いわば不法移民だ。シベリアタヌキは雑食性、腐肉食性だ。アライグマに似ており、アナグマやキツネの巣穴を奪いとる。病気を持ちこみ、生態系のニッチから在来種を排除する。その繁殖はいちじるしい成果を上げている。両親がそろって子の世話をするためだ。

だれもがせっせと子孫を残している。彼女の種族だけが例外だ。ここにはもはや何も得る物がないとでもいうように、未来はここではなく、どこか外の世界、エルベ川の向こう側、国境の向こう側、大陸の向こう側にあるとでもいうようにふるまっている。一生懸命、現実の端っこをつかまえようとするくせに、ここではその現実をけっして見ようとしない。この場所には生命がないとでもいうかのようだ。いたるところに、生命はあふれているのに。古い水たまりのなかにすら。

結局のところ、何もかも天気のせいだった。娘がずっとむこうにいるのも。クラウディアのあの口ぶり。「一度お日さまに慣れちゃうと、もう中央ヨーロッパは無理ね」中央ヨーロッパ。なんというひびき。場所を変える、空気を変える。気候を過大評価しすぎなのだ。結核患者じゃあるまいし。

皆、畑を去っていった。何もわかっていないのだ。世界を理解したいなら、まずは自分の家から始めるべきなのに。故郷から。私たちの故郷から。アルコナ岬からフィヒテルベルク山まで。逃げ出すなんて、芸がなさすぎる。彼女は逃げるのはいつも他の人間にまかせてきた。ほんの一時だけ、そういう考えをもてあそんだ時期もあった。だがもうずっと昔の話だ。彼女はとどまった。自由は過大評価されている。すでに世界は発見され、ほとんどの種はすでに定義された。だから安心して家にとどまっていればよい。

「いやいや、ローマルクはどうせ、アメリカにいる娘のところへ行くんだろう。ベランダの揺り椅子にすわって、孫が遊ぶのを眺めるのさ」カトゥナーだ。まだ担当予定表をいじくりまわしている。

ふむ、面白い。

彼女がすわろうとすると、マインハルトとティーレが場所を空けた。マインハルトがすぐにここになじんだのは驚きだった。女性的な身体つきの若者。数学の見習い教員。ベルトをしめる位置が十センチほど高すぎる。不器用な楽天家で、赤い頬をもち、上唇の上の産毛は髭になるには足りなかった。いちばん上までボタンをしめた白いワイシャツの下に、二つの尖った乳房の形がくっきり見えた。男性病学の対象になる案件だ。彼のなかの何かが未完成で、しかもそれが変わることはなさそうだった。

一方、ティーレはシャープな輪郭をしていた。顔は細面で、口の両端には深い溝が何本か刻まれている。白髪が交じりはじめた髪をうしろに梳かしつけ、レーニンのようなほつれた髭にもかかわらず、身だしなみが整っている印象をあたえた。多くの共産主義者と同じように、ほとんど貴族的な雰囲気をただよわせ、つねに心配事をかかえていたが、自分の家の没落を見とどけようと固く覚悟を決めていた。たいていは自分の小部屋にこもっていたが、それは地図用スタンドやさまざまな教材を保管する物置で、彼はそこを自分のオフィス、政治局として占拠していた。輸入物のタバコを吸い、いまなお世界革命を待ち望んでいた。彼はいつもゴロゴロという音をさせていた。腸の蠕動音（どうおん）だ。やせこけた身体は、彼のすべての心配事の増幅器なのだった。

「これは黒死病（ペスト）だ」ティーレらしい。いつも哲学者のような髭のなかに吐き捨てるように呟く。

「え、何が？」マインハルトには何のことかわからない。

「現代の黒死病だよ」ティーレは机をにらんでいる。かわいそうな、頭の混乱した男。

「女七十人に対して、男が百人」彼は顔を上げた。

「わかるか？　女のほうは、よりどりみどりってわけだ」

ティーレの妻は彼を捨てた。旧東ドイツ時代に西へ行ってしまったのだ。ところがいま、彼は自分がまるで人口統計調査に表れた変化の犠牲者だといわんばかりの顔をしている。女にあぶれた三十人の男のうちの一人だと。独身の宣告。ほとんど毎日缶詰（かんづめ）の餌を食い、荒廃の縁にいる。汚れ物を自分で洗濯機に放りこまなければならない。

「残りはホモになればいいじゃないか」またカトゥナーだ。にやにや笑いながら、皆と一緒の場所に腰かける。いささか休暇疲れしているように見えた。ブラシのような髪型の下にある顔を、彼女はいまだに覚えられなかった。カトゥナーはシャツの袖（そで）をまくりはじめた。あらわれたのは、やけに褐色の腕だった。カトゥナー、万能人間、持久系ランナー、変温動物。だれもこの仕事を引き受けたがらなかった。彼は同情したのだ。彼女たちに民主主義を教えるためにやってきたこの社会科教師は、年月とともに群れのリーダーへと変貌した。あくまでつなぎだった校長は、この店があるかぎり商売を回しつづける、機嫌のいい経営責任者になった。かれこれ十五年、彼はこの学校を率いてきた。この学校をうまく操縦してまっすぐに停止へ導くのを、楽しんでいるようにすら見えた。

これはきみたち全員にとってチャンスなのだ、とさえ言った。彼にとってはそうだろう。彼の冒険遊び場。カトゥナーはまだ背中に持ち球を隠していた。二つのプランB。小さな家、別れた妻、できそこないの子ども二人。ひょっとすると三人。噂が正しければだが。どこか屈折している。それでも人生を享受していた。基本的に、だれがこの店の後始末をするかはどうでもいい。最後の人間が灯りを消すだけだ。

「三分の一が黒死病で死んだ。一五六五年のことだ。今度のは新しい黒死病だ」それがすべての問題だといわんばかりだ。ティーレにとっては、何でも授業に関係してくるのだった。

「ティーレ、あなた本当に何か地方史をやったらいいのに」彼はあまり興奮しないほうがいい。彼女は彼のしみだらけの手をさすった。若い革のようにやわらかい。

「三〇パーセントか。それだけあったら選挙に勝てますね」マインハルトだ。話題を変えようとでも思ったのだろう。

「そうだ、諸君」カトゥナーは両手をこすり合わせた。また演説したくなったらしい。すぐにわかる。「ここは解体されつつある学校だ。だが、われわれは終わりを処理するのではなく、この学校を未来志向に変えるのだ」それはそうだ。死もまた生の一部なのだから。「こんなに新しくて、こんなに劇的なほどユニークで。これが死にゆく景色のはずがない。よそでもやっぱり学校は閉鎖されている。西部でもだ。ルール地方も。ニーダーザクセンの半分は空っぽだ。これはどこの土地でも同じように起こっている現象なんだ。農村離脱の話を聞いたことがないかね?」彼らに補習が必要だと思っているらしい。「東部はまだましなんだ。ここには少なくとも資金が投入されている。

たくさんの新しい道路照明に、アウトバーン……」

「でも試算したら、交通量が少なすぎて、アウトバーンは採算に合わないそうですね」どうやらマインハルトも新聞を読むらしい。

「そう、人々はこっちには来ないで、むしろここから出ていく。一方通行道路を作ったほうがよかったのに」終点、フォアポンメルン。それが彼らにあたえられた生活圏だった。

「おかしな話だ」ティーレが咳ばらいをして、背すじを伸ばした。「昔は自分の町を去るのは、罰としてだった。追放されるのは最悪だった」彼は顔を上げた。「いまじゃ町を出たほうが勝ち組さ」

カトゥナーはニンジンをかじりながら、椅子の背にもたれた。「マルテンスのところが、もうちょっと賢かったらなあ。そうしたらわれわれも何とか切り抜けられたのに」

「マルテンス？」マインハルトのきょとんとした顔。

「ウサギなみなんだ……」カトゥナーはニンジンを拳に刺してみせた。「しかし、まあいい。あと三家族ほどいたら、われわれも助かったんだが。定年までクラスを持てただろう。だが、だめだった！　大学入学資格試験（アビトゥーア）を済ませたやつは、不感症になるんだ」

「それなら、不妊症、とおっしゃりたいのでは」マインハルトも早くも教師病にかかっていた。修正しないと気が済まないのだ。

「いや、どっちだって同じさ」

「たしかに、人数が足りるように、あなたはものすごく頑張ったものね。だけど、もう少し早く始めなきゃいけなかったんじゃない」

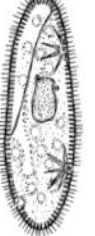

急所だったらしい。カトゥナーはふたたび身を乗り出した。攻撃態勢だ。

「聞きたまえ、ローマルク。われわれは全員、授業評価を受けなくてはならなかったんだ。全員が視察員を受け入れたんだ。きみだけじゃない」

またその話か。侵入者の季節はようやく終わった。知ったかぶりのやつらの季節。教室の隅に自分の椅子を置いて。ちょっとネズミちゃんごっこをしているだけですよ、と。最近教育庁から来たあの視察員、あごひげを生やした虫の好かないやつが、鷹揚に笑いながら言っていた。ところがこのネズミちゃんとやらは、たいしたドブネズミだった。こともあろうに彼女の授業を批判したのだ。「ローマルク先生は一斉授業をしている」報告書にはそう書かれていた。あたりまえだ、それ以外にどうしろというのか、こざかしい！　シュヴァネケみたいに、皆で輪になって話し合うとか？　グループワークとか？　子どもたちはばかなことしかしない。顕微鏡でタマネギの皮のかわりに鼻クソを見たり。干草の培養液中にいる微生物を観察した後、その悪臭を放つ水をトイレに流すときに、ゾウリムシのために涙を流したり。そして観察結果は、どうせポニーテールのノートから書き写すのだ。

より現実に即した授業をするように、と後から彼女に指示があった。ばかばかしい。生物学はそもそも現実に即した学問だ。生命体とその法則性や表現型、およびその時間的・空間的分布についての学問。五感に訴える観察の学問なのだ。だが、いかにもという気もした。まず解剖の授業で生き物を殺すのが禁止になり、今度は現実に即した授業をしろと。

いまやあれもこれも許されなくなった。動物実験などもってのほか。それの何が苦痛をあたえるというのか。動物はもう死んでいるのに。研究対象。調査目的。実験。有精卵を赤色光で孵化させる。卵を割って、心臓の鼓動を観察する。ランプを消す。証明完了。薬局のカエルは、妊娠判定に使われた。女性の尿のなかに入れると、雌のカエルが産卵する。ペトリ皿の歯石。切断したカエルの脚の痙攣。まだ湿った状態で、筋肉に銀と鉄を触れさせる。二種類の金属、ガルヴァーニの金属配列のなかで互いに遠く離れた貴金属と卑金属。証明完了。神経索は刺激伝導だ。電流回路。化学エネルギーは電気エネルギーに変換できる。自然は実験のなかで語る。それなのにだ。いまでは死んだ魚の腹を切開することぐらいしかできない。ところが、ニシンはすぐに悪臭を放ちはじめる。ニジマスは高価だ。少なくとも牛の眼球はまだ許容されていたが、狂牛病のため、豚の眼球を使用することになった。広げた新聞紙の上に水晶体が転がり、記事の中の単語が拡大されて見える、あの瞬間が彼女は好きだった。クラスはそこでようやく静かになる。子どもたちは気味が悪いのを忘れて、きらきらと輝く網膜をじっと見つめる。だが、毎日のように把握反射や再生熱心なミミズやパブロフのよだれ犬を持ちこむわけにはいかない。ジオラマなら自然博物館にある。液侵標本、蛍光を発する骨、点滅するボタン。一斉授業に優るものはない。彼女の授業は良いものだった。彼女の教え子たちの出来も良かった。たしかに彼女のことをこわがる生徒もいるにはいた。ときどき青天の霹靂のように抜き打ちでテストをしたが、そういう噂が広まっていたので、生徒たちはたいていちゃんと準備していた。授業で何を教えるか、彼女はいまも自分で決めていた。その授業計画は、螺旋型カリキュラムだった。簡単なものから複雑なものへ。さまざまなテーマがより複雑な形で。同じテーマが、しだいに複雑になってくりかえし出てくる。ネジがだんだんきつく締まっていくように。重要なのは結果だ。そして彼女の結果は良かった。成績表は州平均を超えていた。つねにだ。もちろん彼女は運が良かったというのもある。生物学と体育。生命をたどる科目。自然科学は新しく書き換える必要がない。そこでは意見や思索は関係ない。するのは観察、調査、定義、説明。仮説、帰納と演繹（えんえき）。自然の法則は世界共通だ。ティーレとベルンブルクは、新しいデータや事実をいつまでも追いかけなければならない。もっとも、国境の数は少しばかり減ったが。だが生物学は、事実そのものだ。ゆえに生物学の授業とは、事実の報告だ。そこでは知識が伝えられる。その知識とは確定したもので、政治システムが変わったからといって無効になったりしない。世界はそれ自体として、おのずから描写され、説明される。そして世界が従う法則は、無期限に有効だ。賛成か反対かを問う必要もない。これぞまさに独裁だ。

「マインハルト、マルテンス家の子どもの見分け方を知ってるかね」カトゥナーが前に身を乗り出した。「顔がかじられてるってことさ」頬をなでながら、ほくそ笑んでいる。

「よしなさい、怪談話は」どうして放っておけないのだろう。彼が来るよりずっと前の話だというのに。昔話にとりつく寄生虫め。

「彼らは当時、便所小屋を建てようとしたんだそうだ。彼らの農家の一角にね。地下室にパイプを通しただけで、便所はできあがった。そこへドブネズミが来た。まず地下室に入りこみ、それから階段を上がって、子ども部屋へ。あの家は子どもならいっぱいいるからね……」

子孫を残すには、さまざまな戦略がある。K戦略者は少ない数の子に多くの時間と手間をかけ、r戦略者は多数の子に少ない時間と手間をかける。じつに単純な計算だ。質対量。目的は生存確率を高めること。賭けのようなものだ。一枚のカードにすべてを賭けるか。それとも賭け金を分散するか。マルテンス家の子ども二人の顔には、本当に醜いあざのような傷あとが残ったが、それでもちゃんと生きていた。「少なくとも特殊学校の先生たちは、あと数年仕事があるでしょう」

カトゥナーはため息をついてみせた。特別に秘密を打ち明けるというような、いつものやり方だ。警告とカモフラージュ。

「諸君、覚えているかね。隣接科目の教師たちが同じ机に座っていた頃のことを……」今度は兄弟作戦か。共同シャワー作戦。「それぞれにかたまって。窓ぎわには、にぎやかな美術とドイツ語の教師。悲しげな顔の地理と歴史の教師たちは、ずっと手前のほう。汗くさい体育教師と、上品な数学と物理の教師の一団は、このトロフィーが入ったガラスケースの前」彼はトロフィーを指し、はたと動きを止めた。なんというサル芝居。「これをそろそろまた拭いてもいいんじゃないかな、ローマルク」

「ええ、拭いてもいいでしょうね」まるで夏休み前に、彼女が彼にそう言ったことなどなかったように。

「まあ、いい。さてと、諸君、まわりを見たまえ。すっかり空っぽだ。残っているのは机二つだけだ。こっちが自然科学、あっちは人文科学。こっちは事実、あっちは虚構（フィクション）。こっちは現実、あっちは解釈」ドラムの連打、ファンファーレ。「この学校は死なない。重要なものに集中するんだ！」

彼は机を叩き、眉間にしわを寄せた。これはおどろいた。ひょっとすると彼は、自分の言っていることを本気で信じているのかもしれない。「だが、われわれはあまりに語らなすぎる」それはそうだ、ここは学校であって、党大会じゃない。「これは唯一無二のチャンスなんだ」まだしゃべり足りないようだ。毎週の職員会議のときと同じだ。いきなり原則をめぐる議論をふっかけ、それを民主的教育として売りつけようとする。いつでもだれでも発言してよく、だれの言うことも正しいとされた。人類みな兄弟姉妹。すべてが矛盾していてかまわない。結局すべてに意味がなかった。

　真実と向き合える者は一人もいない。唯一の、検証可能で証明可能な現実の存在。少なくともこの男たちには無理だった。本物の生活に対する不安からずっと学校にとどまり、閉ざされた扉の後ろで、未成年の子どもたちに威張って羽を広げてみせる。永遠の留年者がする威圧行動。人は世界をありのままに受け入れなければならない。そうあってほしいと望む世界ではなく。

「諸君に約束しよう。われわれは競争力を身につける。われわれはこの学校を未来に耐えるものにするのだ。皆が団結して。生徒たちと一緒に。さらなる協力が必要だ。授業の外でもだ。ゆえに私は毎週、スピーチをすることに決めた。モティベーション・トレーニングだ。団結を強めるために。未来を語るスピーチだ。諸君、どう思う？　一種の呼びかけ（アピール）さ。諸君もなじみがあるだろう」

　完全に頭がおかしい。仕事が少なすぎるのだろう。次はスローガンと学年目標だと言いだしかねない。生徒の魂の教化と鍛錬（たんれん）。この舞台の裏方は、説教をしたくてたまらないらしい。死者のミサでも読み上げるのか。たいそうなプログラムだ。

「本当に毎週やったら、特別感がなくなるわ。すぐに皆飽きるにきまってる」以前も使ったことのあるトリックだ。

「ローマルク、きみの言うとおりだ。月に一度にしよう。月曜日。いや、週の真ん中のほうがいい。

水曜日だ。大休憩のときに。毎月第一水曜日。そういうことにしよう」彼は満足げだった。にんまり笑いながら、眼鏡の肖像写真を指さす。

「リロ・ヘルマンというのは、だれだったかな」妙にうきうきした様子だ。

「ドイツのファシスト労働者ですよ」ティーレが視線も上げず、そっけなく答えた。二十年以上前に、ある女子生徒が試験のときにそう答えたのだという。挑発ではなく、ただの無知から。ティーレの最高のジョークだった。カトゥナーはすっかり気に入った。教師たちに旧東ドイツ時代の習慣を改めさせようとしているくせに、旧東ドイツのネタに目がなかった。当時その場にいなかったことを内心残念に思っていて、ここの出身と間違われると得意げだった。

　カトゥナーはティーレの腕を軽くたたいた。

「なあ同志、今度きみの小部屋、政治局について、あらためて話そう。このままというわけにはいかんよ」

　ティーレは何も言わなかった。カトゥナーは彼を引き止めなかった。ドアのところでティーレはもう一度振り向いた。

「それじゃ、楽しい体育（シュポルト・フライ）を！　新鮮な空気万歳、ローマルク！」彼はそう挨拶して消えた。この学校は本当に沈没しかけた船だった。オールで漕いでも、とっくに手遅れだ。皆が自分の経歴を守ろうとするだけだった。偶然または必然の出来事の連続に何らかの意味づけをするより他に、何ができるだろう。結婚。そして不可避の第一子誕生。つづいてほとんど必然的な第二子誕生。はりのある血色のいい肌をしたティーレは、妻に第三子まで産ませた。共産主義者は三人、牧師は四人か五人、反社会分子には六人以上子どもがいた。マルテンス家に結局何人の子どもがいるのか、だれも正確に知らなかった。養護学校の生徒たちがまだ同じバスで通っていた頃、彼女はマルテンス家の子どもの一人にたずねたことがあった。その子は家で聞いてくると約束した。そして次に会ったとき、その子は兄弟の数を指で数えた。手が三つ必要だった。十三人だったからだ。少なくともそのときは。上の娘二人が産んだ赤ん坊も合わせれば、十五人。オルガンのパイプのようだ。十三本。いま彼女のクラスにいる人数よりも多い。

彼女には一人しか子どもがいなかった。一人っ子。あまりに遠くにいるので、数のうちに入らないくらいだが。彼女はおそらくK戦略者だ。出生率がこんなに低くては、絶滅の危険性は高い。地球の反対側にいる子どもなんて、何の役に立つだろう。時差によって遠く引き離されている子ども。まるまる九時間、日中の半分以上。一方がもう片方よりつねに先に進んでいるのだが、どちらが先だったか、どうしても覚えられなかった。ほんの一瞬たりとも、同じ時間を共有できない。マルテンス家は、もし子どもが一人死んだとしても、スペアが十分いる。でも子どもが一人しかいなければ。一かゼロだ。

体育館にある彼女の小部屋は、夏休み前にそこを出たときのままの状態だった。机の上にはホイッスルとストップウォッチ。カーテンは閉まっている。居心地のいい薄明り。

急に疲労感におそわれて、椅子に座る。ほんの少しだけ休もう。頭を壁にもたせかける。洗面台の上の鏡に、彼女の頭部が少し映っている。額。しわがある。髪の生え際。白髪はもう二十年以上前からだ。何分間か深呼吸をする。膝の上にはブルーグレーのトレーニングウェア。むき出しの脚は、まるで夏など来なかったように青白い。腿に置いた手のひらがひんやりと冷たかった。熱が波のように上へ押し寄せ、頭まで達する。目の上あたりがちらちらして、どっと汗がふき出す。まるで教科書通りのようなほてりの発作。だが、じっさいは教科書には載っていない。学校では学ばないからだ。身体の第二の変化のことは生徒たちに教えない。緩慢に進む解体。子宮の萎縮。閉経。乾いた膣。干からびた肉。花の盛りのことばかり話題にするけれど。秋。なんてこと。そう、いまは秋だった。木の葉のざわめき。いったいどこから二度めの春が来るというのか。笑うしかない。収穫物を運び入れる。網を取りこむ。感謝祭の雰囲気。年金への期待。人生のたそがれ。すべての梢に静けさあり。だが、この疲労感はどこから来るのだろう。天気のせい、それとも学年の初日だからか。

　今朝は明け方に目が覚めた。四時頃だったにちがいない。まだ真っ暗だった。ふいに風が顔をなでた。一度。またもう一度。脈拍が一気に一八〇くらいにはねあがる。パタパタという音。大きな蛾？　エゾコエビガラスズメだろうか。いや、それにしては時期が遅すぎる。静かになった。どこかに止まったにちがいない。もういなくなったのかもしれない。ナイトテーブルの照明のスイッチを探り当てるまでしばらくかかった。ようやく明りがつくと、それはあわてふためいて部屋じゅうを飛び回った。大きな輪。天井から三十センチ下あたりで、目に見えない8の字を描いている。ひらひら飛ぶジェットコースター。コウモリだ！　アブラコウモリの子どもが迷いこんできたのだ。

レーダー機構がうまくはたらかず、方向感覚をなくしたのだろう。口を開いて叫んでいる。けれどもその叫び声は聞こえない。

　コウモリの知能は、開いた窓の隙間から入りこんで、そしてここが納屋（なや）の亀裂や木の洞（うろ）や変圧器室の壁の穴ではないことを認識するには足りても、またもとの窓の隙間から外に出る道を見つけるには足りなかった。夏の終わりのいま、解体されたどこかのねぐらから来たにちがいない。どんな生き物も自分の力で生きていた。新しい棲処（すみか）をもとめて。

　明りを消し、そっと地下室へ行く。念のため、毛布を頭からすっぽりかぶって。ヴォルフガングがぐっすり眠っていてよかった。彼女を見たら仰天しただろう。夜中に徘徊（はいかい）する幽霊。ガラス瓶（びん）がならぶ棚の前に着いてもまだ、彼のいびきが聞こえていた。

　そこからはあっという間だった。コウモリはおそらく、彼女が自分を救おうとしているのを感じとったのだろう。何度か逃げ出そうとしたが、その後彼女がガラス瓶をかぶせようとすると、恐怖のあまり大人しくなった。一瞬びくっとし、翼を折りたたんで凍りつく。まるで死んでいるように見えた。剥製のようだ。なんと華奢（きゃしゃ）なつくり。茶色く密生した、ネズミのような毛皮。小さくて曲がった後肢（うしろあし）の爪。なめし革のような翼の先端。薄い飛膜。突き出た赤い関節。まっすぐに伸びた親指の黒い鉤爪（かぎづめ）。平らな頭。濡れたように光る鼻。ちっぽけな吸血鬼の牙。ぎょっとしたように開かれた、新生児の口。恐怖を浮かべた頑（かたく）なな目。なんという大きな恐怖。ネズミよりも、むしろ人間に近い。骨格も同じだ。上腕、橈骨（とうこつ）、尺骨、手根。漏斗のような形の耳にある軟骨も同じ。さらに生殖器も解剖学的に同一のものだ。二つの尖った乳首。ぶら下がったペニス。年に一匹か二匹の子。

ほとんど裸の状態で生まれてくる点も同じだ。

少しの間、彼女はそのコウモリを授業で使おうかと考えた。新しいクラスで早速、文化親近性動物の典型例を紹介するのだ。最小の哺乳類。だがやはり、一刻も早く放してやろうと思いなおした。窓を開ける。それからガラス瓶を。コウモリは非常にゆっくりと出てきた。はじめちょっと瓶の外に落ちたが、すぐにバランスを取り戻し、翼を広げて、闇のなかの、どこかのガレージの方角に消えた。彼女はさっと窓を閉め、ふたたび横になった。空が白みはじめる頃、ようやく眠りについた。

廊下で女子生徒がざわついている。さあ、行くか。彼女は気を引きしめ、トレーニングウェアを着ると、生徒たちを中庭で整列させるために出ていった。

「気をつけ！」

身体の線が曲がっている。

「胸を張って、お尻は引っ込める！」でこぼこを直してきれいな背の順になるように、生徒二人を入れ替えなければならなかった。監視がすべてだ。

「では、体育（シュポルト・フライ）を始めます。ウォーミングアップ三周、ショートカットしないこと。いいですか、先生の目はどこにでもありますよ」

外の空気は気持ちよかった。

「はい、スタート」

生徒たちは走りはじめ、若いがすでに活気のない身体を運んで、本館裏手の市壁の方角へ消えた。よりによってあの子たちが進化の競争に勝ち残ったとは、信じがたい。淘汰は本当に盲目だ。彼

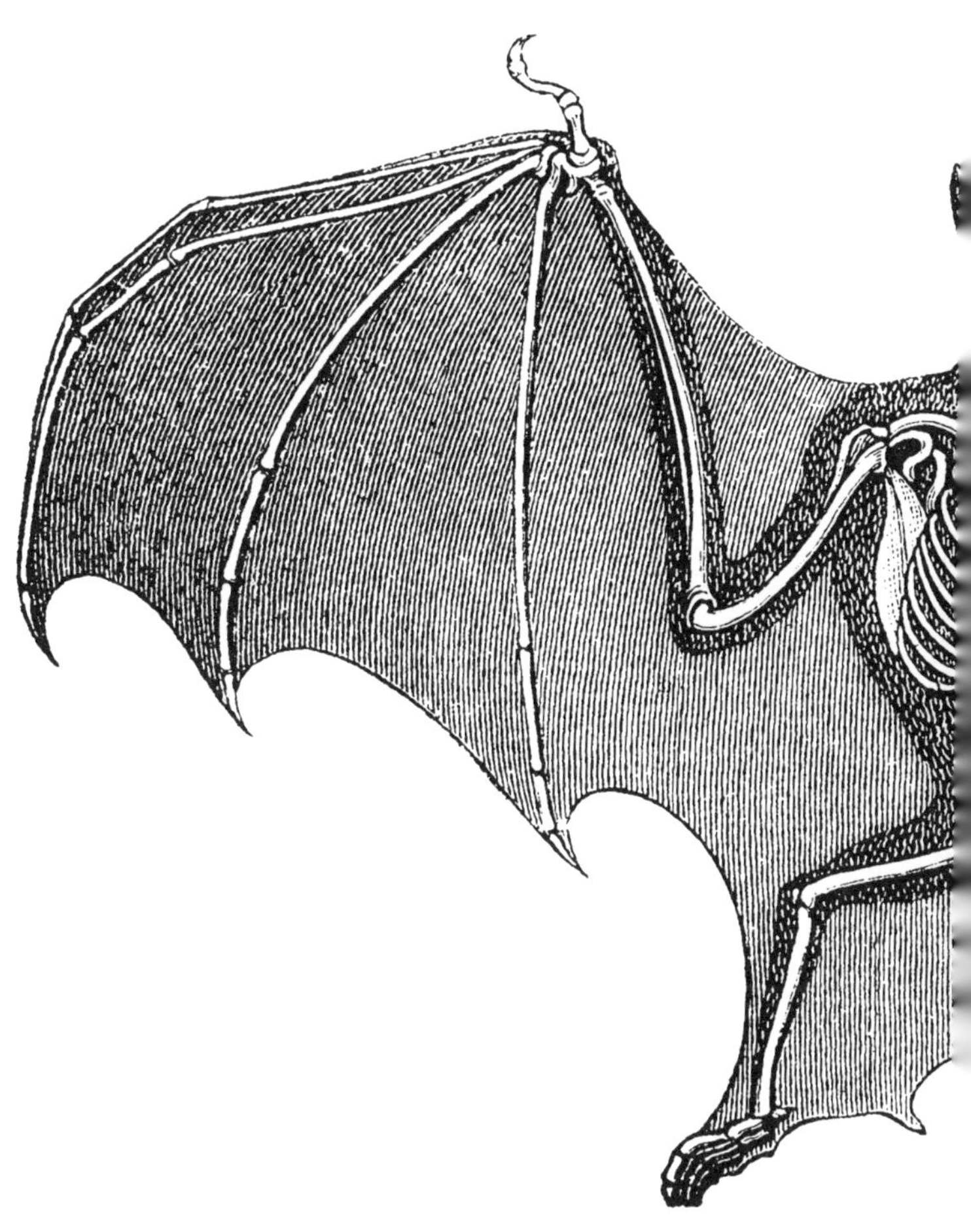

女はあの軟弱な生徒たちの三倍以上の年齢だが、体力面ではるかに優っていた。圧勝できる自信があった。あの子たちには基礎筋力が一切欠けていた。ぎこちない動き。ぶるぶる揺れている皮下脂肪。あれでは何も達成できるはずがない。だが、ローマルクの廏舎（きゅうしゃ）から有望な子馬を引き抜く選抜チームが来ることは、もうなかった。昔は違った。体育館の入口には、いまも顕彰板が掛かっていた。彼女がそう主張したのだ。記録とはどんなものか、皆が見られるように。その数字は黄色に変色していた。当時の体育祭。東西ドイツ国境を越えて持ちこまれたランニングシューズの底のスパイク。赤褐色のグラウンドに引き直したばかりの白線。スピーカーの声。位置に着いて。スタート台に立つ。用意。筋肉が張りつめる。ピストルの音。スタートがすべてだ。金、銀、銅。赤いリボンに提げられた、輝く厚紙のメダル。家にいくつそういうメダルがあったことか。引き出しいっぱいに入っていた。筋ばった子どもの身体がゴールラインにむかって伸び、テレビで見たままに、前のめりになってよろめきながらラインを越える。あの頃は郡の総合競技大会（スパルタキアード）で優勝する生徒が山ほどいたし、県の総合競技大会（スパルタキアード）の優勝者も一人出した。どの生徒が何に向いているか、つねに見ておくのだ。スポーツに関するさまざまな常識、たとえば棒高跳びと体操の選手は小柄でなければならないとか、逆にバスケットボール選手は途方もなく大柄がいいとか、いい水泳選手になれるのは、長い腕と並外れて大きな足の持ち主だけだといったことはさておき。それが一つ。だがそれとは別に、自分のあらゆる興味よりも、厳しい練習計画を喜んで優先させる意志がある者を、彼女はすぐに見抜いた。いずれ競争で勝ち抜くために必要になる、従順さと自制心を持ち合わせているのはだれか。それまでには何年もかかる可能性があるからだ。大事なのは、ばらばらの素質を目的に適った道に導いてやること。才能ある者を勝利者にすること。だがいまでは、女子生徒が生理中に体育を休む習慣をやめさせられれば、それだけで御の字だ。それにしても、埋もれたままの才能がたくさんあるのに、よくまあ世界選手権大会など開催できるものだ。だが大事なのは潜在能力ではなく、あくまで結果だった。

先頭の生徒たちが頬を赤く上気させ、よろめくように校庭に戻ってきた。

雨が降りはじめた。ためらいがちに、音もなく。生徒たちはただちに顔に抗議の色を浮かべる。問答無用。体を鍛えることの恩恵にひと言注意を促し、湿った砂場へ走って移動する。お上品な生徒何人かが、短いコースの上に葉っぱが落ちていると文句を言う。オリンピックの金メダルがかかっているとでも。ようやくコースから葉っぱを取り除いてスタートすると、いかにもやる気がなさそうに、いささかも頑張る様子もなく走っている。まるで濡れて重くなった袋のように、砂のなかをドタバタ走っている。これが未来だと。フィットネス熱とはまるで無縁だ。これが未来の世代の母なのだ。少なくとも理論上は。すべてがまだこれからだというだけの理由で、そのまま押し通している。

あと八週間したら秋休みだ。彼女は何度もエンジンのキーを回した。車は苦しげなかすれた音を出すだけだ。運転席から降り、ボンネットを開けるが、何も異常は見つからない。ヴォルフガングは前から、新しい車が必要なんじゃないかと言っていた。いや、必要ない。きっとバッテリーだ。

これまでにも何度かあったが、初日からとは。仕方ない。バスにするか。車を置いて、バス停へ向かう。数字が三つ、時刻表に書かれている。昼、午後、夕方。一時。あとは四時と六時。それで終わりだ。一時のバスが発車するまでにはまだ時間があった。

彼女は体育館の裏手の芝生にのびる、踏みならされた小道を、市壁のところまでゆるやかにのぼっていった。栗の並木の下を、崩れた砦の囲壁にそってしばらく歩く。風化したレンガが湿り気をおびてかすかに光り、濡れた地面の上では、雨でふっくらした落ち葉が羽根のような指を空にむかって伸ばしている。水たまりに落ちた棘(とげ)のある実が、ぱっくりと口を開けている。気化と降水。自然の循環。水は海へ向かう。

環状通りにならぶ家々のうち、どの建物にまだ人が住んでいるのかは判然としなかった。どの家からも緑と市壁が見わたせた。町をぐるりと囲む濠も。名もない、ただの悪臭のする水路。家々の列に空いた隙間。落書きだらけのグリュンダーツァイト時代の建物、漆喰(しっくい)がなかば剝(は)がれた建物正面(ファサード)。あちこちで割れた窓ガラスに、ベニヤ板を打ちつけてふさいである。防火壁に残る、すでに解体された家の痕跡。大きく広がった亀裂。あちこち剝がれかけた化粧塗りに走る血管のよう。壁一面に書き散らされたスローガン。富はみんなのもの。西のやつらくたばれ。ガイジン出ていけ。

古いレンガ造りのゴシック様式の門だけが風化に抗(あらが)っていた。三十年戦争にも耐えた門だ。だが、いまのこれは戦争ですらない。すでに降伏(ふく)だった。ホーエ・シュトラーセ通りを、一人の女が歩いてくる。彼女より年齢は上だ。まるく膨れた腹、蠟のように青白い顔。タバコの脂色(やにいろ)の髪を小さく団子に結い、レントゲン写真の入った大きな封筒を脇に抱えている。病院に行くような事態を心配して、わざわざそのために下着を替えるような種類の人間だ。たとえば事故とか。何が起こるかわかったものじゃない。この年齢では。女は刺すような、ほとんど挑むような目つきで見た。関わり合いにならないことだ。表情を変えずに。アシナガワシのまなざし。たとえこの二人が地球最後の人間だったとしても、ローマルクが声をかけることはないだろう。他人の不幸が彼女に何の関係がある？　あのばあさんが人恋しいなら、他をあたればいい。

　市庁舎前の広場には、いつものように暇な酔っ払いが二、三人いた。理性の最後のかけらまで、とっくに飲み干してしまったらしい。一人は芝生に立ち、茂みにむかって用を足していた。おなじみの子どものトリックだ。自分から見えない相手には、自分のことも見えないという。尿の射程範囲とともに、視野も縮んでいく。ぶら下がったペニス、霊長類の優位のしるし。この行為がどれほどの集中力と無頓着さで行われるかは、感動的ですらある。恥を知らず、さも当然という顔で。獣のように自由に。失くした尻尾の埋め合わせとしての、大きめの生殖器。犬のように自分の性器を舐められなくて、人間の男たちは残念に思っていることだろう。少なくともその埋め合わせに、両手でそれを支えてやることはできるわけだ。一生涯、二つの手で。両性の不平等。二つ目のX染色体が足りないのだ。これは埋め合わせがきかない。男は悪びれもせず、もたもたとズボンの前を閉め、ふらつきながら酒瓶のところへ戻った。アルコール依存症というのではない。たまに大酒を飲むというタイプだ。希望が死ぬのは最後の最後だ。

　町は、というよりもむしろ町の残骸は、人間が残していった他の物たちと同じように、静かに、非現実めいて午睡に浸っていた。昔はしきりに人口過剰の危険性について警鐘が鳴らされたものだった。あれ以来、この地球上に暮らす人間の数はおそらく何十億か増えたことだろう。ただ、このあたりではその気配はまったく感じられなかった。

　いつか訪れた、あのモハーヴェ砂漠のゴーストタウンがそうだ。特別暑いカリフォルニアの夏の日で、真昼の太陽がじりじりと照りつけていた。入場料まで払って入った。ヴォルフガングと一緒に、クラウディアを訪ねて一度だけ向こうに行ったときのことだ。もう十年も前になるだろう。あの頃はまだ、もうじき帰る、このコースが最後だから、その前に自分が住んでいた場所を両親に見せたいのだ、とあの子は言っていた。本当にそうなると信じていた。彼ら全員が。

　入口の門に、人口を記した案内板があった。町の建設から終焉まで。数百からゼロまで。ちっぽけなミュージアムに展示された琺瑯の洗面器。まるでメッセル採掘場から出土した化石のように、大事に安置されていた。珍妙なドイツ語で書かれた、かつての町の住人の人生を紹介するパンフレット。ほとんど理解不能な文の羅列。ここへ大挙して押し寄せたヨーロッパ人。あるいは一人で。貴金属のかたまりを二つ三つ見つけられるかもしれないという望みのために、故郷を捨てたのだ。金、銀、銅、硼砂が見つかったことがあるという採掘坑での重労働。生来の生活圏を離れることほど危険なことはないのに。人間が砂漠を前にしても立ち止まることを知らないとは！　その許容曲線はじつに注目に値した。人間はほとんどどこででも生き延びられる。そしてそのことを強迫的に、くりかえし証明せずにいられない。生態系における能力を見せびらかしているのだ。蟻は生息地を世界に広げるために何千種も必要としたが、人類はほんの一握りの変種でそれをやってのけた。

　少し離れたところに学校が建っていた。不審火により焼失した後、二分の一の縮尺で再建したのだ。その内部は大きく作られた人形の家のようだった。黒板の上に世界地図が貼られている。真ん中にアメリカ。ユーラシア大陸は二つに分かれて地図の両端に追いやられている。一つは左、もう一つは右。グリーンランドは巨大だった。アフリカと同じくらい大きな、白い国。壁には女性教師用の各種注意書きが貼られていた。タバコを吸わないこと。アイスを食べないこと。ペチコートを二枚以上穿(は)くこと。建物からふたたび外の光のなかに出ると、この砂漠の舞台装置に電気を供給する非常用発電機や、あちこちにあるみやげ物店や宝石を売る小さな店が目に入った。かつて馬を繋(つな)いだ丸太の杭がいまなお立っていたし、ゴーストタウンの裏手には古い銀採掘坑の入口がまるでネズミの巣穴のように岩石砂漠にあちこち口を開けていたが、それでも彼女はかつてここに本当に人間が暮らし、その遺体がいまは墓地のごろごろした岩石の下に埋められているのだとは、どうしても想像できなかった。すべてがただの模造品、山々のパノラマにぐるりと囲まれた埃っぽい岩石砂漠の真ん中にある、田舎町の模造品なのではないか。そのためにわざわざ入場料まで払ったのに。いや、歴史はやはり彼女には向いていなかった。そして自然科学はここでは大きな役割を果たしているようには見えなかった。砂漠は地理学的には面白いだろうし、一握りの動植物にとっては重要な生息圏だろう。だが、葉緑素(クロロフィル)がまったく存在しないのは深刻な打撃だった。

この町もまた、人口変動からもはや立ち直れないだろう。そして将来、ここを見るためにあえて金を払う者はいないだろう。郡庁の所在地であるという以外に、何も見るべきもののないフォアポンメルンの奥地の町。細い川に面して、スクラップやばら荷を積み込む港、砂糖工場、博物館がある。マルクト広場は駐車場になっている。歴史的町並みが一、二ヶ所。塔のない教会はレンガ造り

のゴシック建築の巨大な残骸だ。町の中心部は新しい建物ばかり。七〇年代のプレハブ集合住宅だ。ごく簡素な仕様で、硬質レンガも洗出し仕上げのコンクリートも使っていない。まだ改修工事を終えたばかりで、大部分が空いていた。新しいアウトバーンはすぐそこ、ほんの三十分ほどの所にあり、三十キロ先で西へ急角度で折れる。だが少なくとも、ここで成長しているものもあった。ショッピングアーケードの手前の、パンジーの大軍。その歩兵のような花々は、作業療法の患者たちが景観美化のために最近植えたものだ。化粧を施した建物正面（ファサード）のベランダに絡（から）まるキヅタ。そして人間の手を借りずにこの町に攻めこむ方法を見つけた、おびただしい数の植物たち。彼らは大いに、しかもほとんど気づかれずに繁栄をきわめていた。浅く広く根を張り、建物の建っていないどんな狭い土地でも占領するスズメノカタビラ。畑の隅からここマルクト広場、つまり町の中心部まで進出してきたオオバコ。敷石の隙間からは、傭兵（ようへい）のようなミチヤナギが勢いよく伸びている。はち切れんばかりの生命力で、どこの道端でも目に留まるタンポポは言うまでもない。野生の植生はいたるところで見られた。フェルトのような白っぽいヨモギの葉。ハコベの緑のじゅうたん。根絶不可能なシロザ。驚くばかりの多様性だった。崩れかけた廃墟と、住人の退去した古い建物が交互に並ぶシュタインシュトラーセ通りはとくにそうだ。建物がじつにさまざまな崩壊の度合いを見せている。待てよ。たしかベルンブルクが昔ここに住んでいたのでは。ドアホンは取り外され、表札は読めなくなっていた。ドアが開いている。地下室からひんやりとした空気が流れてきた。中庭にはムギワラギクが一輪咲いていている。建設現場のぼた山に生えた、丈高いノコギリソウ。ムギクサの長い芒（のぎ）のついた見せかけの穂。雑草は不死身だ。

ここで旺盛にはびこるものだけが生き延びた。観賞用の花壇や、ちやほやされた小菜園、その他丹念に手入れされた二次的自然の生物空間（ビオトープ）とはわけが違う。シカギク、踏まれてもへこたれないツメクサ、計算高いシバムギ、愛らしいナズナ——しぶとい雑草、強情に生長していく植物たち。これこそが繁殖、すなわち存続を保証するものだ。複雑な受粉プロセスは、ここでは成功しなかった。スピードが重要だった。有害物質が何らかの影響を及ぼす前に、もう雑草は子孫を増やしていた。丈夫な葉をもつオオバコの粘り気のある種子は、どんな靴底にも貼りつく。シダは小さな胞子を遠くへ放出する。タンポポは綿毛の落下傘を飛ばす。風によって運ばれる種子。ナズナはいざとなれば自家受粉もできる。もっとも、生活の場所を変えることを植物自身は想定していない。同じ場所にとどまる以外に選択肢はない。しかし、彼らはそこから最大限のものを引き出す。空いた土地に潜入し、使われていない隙間を占領し、歩道の敷石の間や壁の割れ目から芽を出し、ぼた山の汚染された土に根を張り、古い建物の瓦礫（がれき）の下を掘り進んでいく。粘土質の土、セメント、モルタル。何でもおかまいなしだ。極度に乾燥した石灰質の土壌ですら、筋金入りの緑の前線部隊にとっては十分な培養土なのだった。

茎葉（けいよう）植物はあまりに過小評価されている。学生時代、彼女は植物にもさほど興味を持てなかった。光合成工場の卑屈な労働者たち。種を同定するため、何度も練習を重ねたっけ。大事なのはつねに数えることだった。葉は何枚か、雄蕊（おしべ）は何本あるか。無葉類とトクサ属、維管束植物とシダ植物、裸子植物と被子植物、双子葉類と単子葉類。蝶形花（ちょうけいか）と十字花、唇形花（しんけいか）と合弁花。互生、根生（こんせい）、十字対生（たいせい）葉序。果実。餌、薬草、飾り。光合成を行う小さな器官。大いなる循環の入口、物質代謝の原動力。植物は低エネルギーの物質を高エネルギーに変換する。動物はその逆だ。私たちは自家栄養生物ではない。すべての小さな葉、すべてのちっぽけな葉緑体で日々奇跡が起き、それが私たち皆を生かしている。表皮、角皮(クチクラ)、柵状組織。人間が緑色だったら、もう何も食べなくていいし、買い物や仕事もしなくてよくなるのに。そもそも何もする必要がなくなる。ただちょっと日光浴をして、水を飲み、二酸化炭素を摂取するだけで十分なのだ。そうしたらすべてが解決する。皮膚の下に葉緑体があったら。どんなに素晴らしいことだろう。

物言わぬ、辛抱強い植物。じつに尊敬に値する。彼らは言葉がなくても意思疎通でき、神経系がなくても痛みを感じることができる。その上感情まであるという。もっとも、それは進歩とは言えまい。ひょっとすると、植物が私たちより優れているのはまさにその点、つまり感情なしでやっていけるということかもしれないからだ。人間より多くの遺伝子をもつ植物もある。権力の座につくためにもっとも有効な戦略とは、いまも昔も、自分を過小評価させておくことだ。そして時機が来たら、一気に攻める。植物(フローラ)たちが様子を窺(うかが)いつつ身を潜めているのは、見逃しようもなかった。濠や庭や温室で、彼らは出撃の合図を待っていた。もうじき彼らがすべてを奪還するだろう。蹂躙(じゅうりん)された版図を、酸素を生成する触手でもって奪い返し、天候をものともせず、その根でアスファルトやコンクリートを破壊する。そうして過去の文明の残骸を分厚い緑の覆いの下に葬り去るのだ。地球がもとの持ち主の手に帰すのは、たんに時間の問題だった。

窒素(ちっそ)に飢えたイラクサは砂礫の大地で息を吹き返し、そこではやがてクレマチスの木質化した蔓(つる)が鬱蒼(うっそう)とした茂みを形成するだろう。大地はシダに覆われる。大きく広がった葉はなかば新鮮で、なかば腐敗している。アスファルトの上ですら繁茂する菌類、地衣類、コケ類。永遠に拍車をかけられ、沈黙の外套をまとって。すべてが未来の自然、未来の風景、未来の森の種子をすでに内に宿している。人工的な緑地？　手の込んだ植林？　ここではもっと大きな力がはたらいているのだ。だれもそれを止められない。いつか、何世紀か後にはもう見事な混合林がここに出現しているだろう。建物のうちで残っているのは、せいぜい教会くらいだろう。森のなかの廃墟（はいきょ）の絵のように、レンガの骨組だけのがらんどうになって。すてきだ。人間のちっぽけな尺度を越えて、もっと大きな、長い目で物事を見なければ。時間とは何か。黒死病（ペスト）、三十年戦争、人類の発生、ヒト科の獣の洞窟で使われた最初の火？　いずれも瞬（まばた）きするほど短い間のできごとにすぎない。人類とは、タンパク質を基礎とする儚（はかな）い存在だ。この惑星を束の間征服した、じつに驚くべき生物だが、やがては他の不可思議な生物たちとまったく同じように、ふたたび消えていくだろう。蛆虫（うじむし）や菌類や微生物によって分解される。もしくは分厚い堆積物の下に葬られる。奇妙な化石。だれもそれを掘り返すことはないだろう。だが、植物は残る。彼らは私たちよりも先にいて、私たちの後まで生き残るのだ。いまはまだこの場所は、生産をとうに停止した、収縮しつつある町にすぎない。だが、真の生産者たちはすでに仕事にとりかかっていた。衰退ではなく、完全な野生化が土地を覆うだろう。繁茂する植物たちによる併合、平和な革命。繁栄をきわめる自然。

もうすぐバスの時間だ。バス停にはすでにバス通学の生徒たちがたむろしていた。彼女のクラスの生徒も何人かいた。ケヴィン、デブのパウル、それに劣等生席のお嬢さん二名。彼らは獲物のエレンに目をつけていた。自衛あるのみ。あんなにおどおどしていたのでは無理もない。どっちもどっち。もうめそめそする声が聞こえた。ローマルク先生！　ローマルク先生！　だが、彼女に助けを求めるのはお門違いだ。自分を標的にしているのは、いつだって自分自身なのだから。同情するには六分かかる。ローマルクはそんなに長く待つ気はなかった。それに彼女は基本的に授業外で生徒と会話することはなかった。放課後、生徒と彼女の道はあちらとこちらに分かれる。いまのこれは、もはや彼女の管轄ではなかった。

　少し離れたところに、エリカが立っていた。リュックサックを両足の間に置き、右足を折り曲げているために一方の肩が高くなっている。その顔は楡の葉のように左右非対称だ。横から見ると、ほとんど少年のようだった。薄いしわくちゃの、マリンブルーのウィンドブレーカー。袖口の白い芯地から華奢な手首がのぞく。軽く握った左手。その手の中で栗の実を転がしながら、静かに道の反対側を見つめている。入口の扉の上にある記念銘板の文字は、ここからは読み取れないはずだ。だが、そんなことはどうでもいい。力強い顎。頬に白いしみが一つある。あざのようだ。どうしたのだろう。生まれたときについた傷か。鉗子がずれたとか。傷の治りが悪かったか。だが、彼女に何の関係がある？　あの生徒は娘だとしてもおかしくない年齢だ。いや、孫か。なぜこんなばかなことを考えている？　カトゥナーのやつ、いったいどうやったのだろう。甘い言葉をささやいたか。どうやって女子生徒をものにしたのだろう。あの子は本当に彼女の孫娘であってもおかしくなかった。じっさい彼女には娘がいるのだから。時々自分に子どもがいることを忘れそうになった。そもそもクラウディアは、向こうでいったい何をしたいのか。彼女にはけっして理解できないだろう。理解できるはずもない。最初は単に、ある課程を修了するのが目的だった。それがいつの間にか旅行になり、それから男になり、最後は仕事になった。まず男が消え、つづいて仕事も消え、長年の間に他の理由もすべて消えた。インゲ・ローマルクが連絡しても、クラウディアはもう長いこと返事もよこさなかった。そしていつしか彼女も、ただでさえめったにかかってこない電話をこれ以上減らさないために、連絡を取るのを止めてしまっていた。たまにメールが来た。ごく短い、生きているというサイン。よろしく、とだけ。本文はない。返事でもない。孫は期待できそうにない。クラウディアはもう三十五歳だ。排卵は周期通りに起こらなくなっているはずだ。

その間に生徒たちはエレンを取り囲んでいた。ケヴィンが群れのボスらしい。デブはにやにや笑いながら、仲間に加われるのを喜んでいた。彼らはエレンを軽くこづき、カチューシャを取り上げた。本当はもうそんな子どもじみた真似をするような年齢ではないのだが。ただの退屈しのぎだ。エレンは愚かにも誘いに乗り、彼らを追いかけた。カチューシャがぬかるみに落ちる。拾おうとかがみこむエレン。ケヴィンが押す。いい加減バスが来ればいいのに。このまま行けば、やはり介入せざるを得なくなる。エレンはしくしく泣きながら、目を閉じて、顔をのけぞらせた。威嚇のポーズだ。しかし人間はそれで攻撃をためらったりしない。

エリカの耳はなんて変わった形をしているのだろう。角ばったアーチ形。大きく出っ張った軟骨。奇妙な造形だ。大きな耳たぶに生えた白い産毛。

エリカはくるりと振り向いて、彼女をじっと見つめた。ほとんど怒っているようだった。どうしたというのだろう。いったい何がしたいのだろう。あの刺すようなまなざし。あの見下したような表情。なぜそんなに長い間凝視しているのか。

ようやくバスが来た。皆がどっと乗り口に押し寄せた。エリカは栗を手からぽろりと落とし、興味がなさそうに乗りこんだ。なんて思い上がった娘だろう。インゲ・ローマルクはあえて最後に乗るようにした。

二、三分後、バスはもう町の中心部を離れ、郊外を走っていた。放棄された商業用地、平屋根の駐車場の建物、小菜園が密集する場所、そしてスーパーの大きな駐車場を次々に通過していった。もうじき幹線道路を通って後背地に入る。道端に大きな看板が立っている。ここは死ぬのに適した場所ではありません。側溝に立つ木の十字架と汚れたぬいぐるみが、それとは違うことを物語っていた。

右手に見えるのは、古い鉄道車両をアメリカ風のファストフード店に仕立てようという試みの失敗例。左手には古い大農場。よそから移住してきた者たちが二、三人で経営している。都会の人間というのは、どうもあきらめが悪いらしい。この地方がかろうじて人工的に生き長らえているだけなのがわからないのだ。頑なな広野や化粧塗りをしていない建物、果てはこの土地の人々の口数の少なさにすら感動するよそ者たち。最初の二、三年は努力して、自分たちは仲間に入れないのなんのと文句を言うが、だんだんここには仲間意識とか共同体というものはもはや存在せず、したがって仲間になることもけっしてないということに気づきはじめる。オーガニックの牛乳やカルチャーセンターでも、地元民の歓心を買うことはできない。ここは死ぬのに適した場所ではなかった。かといって生きるのに適した場所でもないのだった。めいめいが自分のことをする。人工呼吸器はしまっておけばいい。医学の進歩。彼女はいつか、人工的な延命を希望するだろうか。子宮を卵巣ごと摘出した後の、彼女の母親のように。万一に備えて。だが、万一も何もなかった。屋内用噴水のような音。ゴロゴロと音を立てる機器。ピッピッと鳴っているモニター。十五分ごとに脈拍を測る。便は袋の中へ直接送られる。これは便利だった。テレビで見るように手をさする。何かしらしないわけにいかなかったからだ。そのうちに彼女も、ああいう紙きれに署名することになるかもしれない。あの同意書。何という名前だったか。バスは幹線道路を離れ、輪を描きながら三つの村を順に通っていく。石畳の道沿いに連なる真珠。だが、珠玉というにはほど遠かった。対向車は道路脇に寄って待たざるを得ない。そうだ、生前意思表示というのだった。彼女もそういうものを書いておこう。もうとっくに書いておくべきだった。何が起こるかわからないのだから。彼女の年齢では。何一つ確かではない。確かなものなど何もない。

　奇妙だ。下がった両肩の間の、エリカの項（うなじ）にあるあの小さなくぼみ。乱れた髪。だらりと下がったフードの上からのぞいている背骨のこぶ。白い肌の下の骨。木の葉の影がそこに繊細（せんさい）な網目模様を描いている。細いすじはやがて雲の渦と入れ替わる。エリカが席を立った。なぜ立ち上がったのか。そうか、バスが停車したのだ。三つある農場のうちの最後で、何軒かの家が森の端に建っていた。どの家にも人が住んでいる。少なくともそんな風に見えた。柵の向こうにニワトリ。猛犬注意。どの家に住んでいるのだろう。兄弟は？　もともとここの出身だろうか。降りたのはエリカ一人だった。ひどくゆっくりと道を下っていく。リュックサックを一方の肩にかけている。姿勢に歪（ゆが）みが出るのは避けられまい。バスは出発した。カーブを曲がる。エリカの姿は見えなくなった。
窓ガラスにキリギリスが一匹。鮮やかな緑色の羽を広げ、出口をもとめて行ったり来たりしている。

スクールバスに乗るのは何年かぶりだった。ここからは何もかもまったく違って見える。ほとんど美しいと言ってもよかった。道路わきの菩提樹が、あちこち崩れたアスファルトの端から道の中央に向かって身を乗り出している。モグラ塚があちこちできた休閑地。管を敷設した用水路、ヤドリギのかたまりでいっぱいの樹冠。湿性草地の灰色のシラカバは、前回の洪水に耐えられなかったようだ。空っぽの家畜小屋やトタン板の納屋の手前にある、穴だらけの金網。遮断機のない踏切。古いレールに、交換したての道床。牧草地の掘り返された黒土に、ホルスタイン牛が立っている。遠くでサイロが光っている。カモメが二、三羽、耕地を海と間違えたらしい。ところどころぽつんと離れた場所にある農場へむかって、タール舗装の道が輪作の畑地を縫うようにつづいている。大きく隆起したトラクターのタイヤ跡の水たまり、自動車のタイヤの山、古い肥溜め、放置されたぼた山。雑然とした景色、機械耕作の畑、単一栽培がつくるモザイク模様。土起こし。水量調整。肥料の供給。飼料用作物と家畜。飼育の成果と作物栽培。収益価格を上げるための組織公営化。もはや自然はなかった。土地はとっくに開墾されていた。村の運動場の、背の高いポプラの木。池のほとりのツゲの木。円頭石の舗装。ようこそわが家へ。バスが停車した。

待合所の前ではいつものようにティーンエイジャーが二、三人、暇をつぶしていた。悪態、喫煙、大酒。この子たちが一人もダーウィン・ギムナジウムに来られなかったのも不思議はない。彼女の授業に。アスファルトいちめんに唾を吐いた跡がある。この年頃の男子というものは、自分の唾液と特別な関係にあるらしい。要するに体液ということだ。

大型店の建物内に、最近引っ越し業者が店をかまえた。ドイツ全土！　という文字のシールがショーウィンドウのガラスに貼られている。びっくりマーク付きだ。駐車場に蛍光黄色のトラックがならぶ。どの車両も、一家族分の家財道具をそっくり積みこめるほど大きかった。トラック一台分の生活。いまは何でも問題なく持って行けた。だが、どこへ？　彼女はここにとどまるだろう。

金網の向こうは、かつて農家が建っていた場所だ。納屋もあったが、ザウアーラントから来た皮膚科医が、大金をかけて改修工事を終えたちょうど一年後に焼け落ちた。運動広場には式典や表彰式に使われる小さなステージがあった。赤い旗。ライラックの香り。ボックヴルストとビール。女性村長がスピーチをした。証書のむこうの巨大な胸。固い握手。あの胸では抱擁（ほうよう）はどっちみち無理だった。豊富な後継者。子どもはわんさといた。サッカー、作業班の夕べ。大人には勲章、子どもたちにはバッジ。功績ある模範労働者。漆喰を塗ったばかりの建物正面（ファサード）に、金色の番地番号。五月一日（メーデー）には全員外へ！　ひと冬ずっと、クラウディアは村長の娘と遊んだ。青白い、口数の少ない少女だった。ところがイグルーを作っていて、クラウディアは氷のかたまりでその少女の手の中手骨を砕いてしまった。寝室に胸の大きい女の人の写真がいっぱい飾ってあるんだよ、とクラウディアが教えてくれたっけ。そもそもクラウディアが、彼女にそういう話をしたこと自体驚きだった。村長の夫は工業乾燥プラントの運転手で、筋骨たくましい大男だった。村長がレントゲン写真を手にすぐさまやって来るなんて。手の骨がちょっと欠けただけなのに。そういうことは遊びのなかでまあることなのに。当時、彼らはまだ新しい建物に住んでいた。二部屋半で、ストーブ暖房が付いていた。そしてあそこに、あの小さなステージの隣にサイレンがあったのだ。週に一度、昼寝の時間の直後に鳴りはじめる。慣れていても、そのたびにびっくりさせられた。長く尾を引く物悲しい音。毎週土曜日、二時。毎回ぎょっとして、いまの平和が何やら不気味なものに感じられた。平和とは当たり前のものではないのだと。戦争、危険をくりかえし突きつけられる。しかもそれはまだ、ただの訓練にすぎないのだった。万一に備えての。平和なのが不満だとでも？　九〇年代になって、いつの間にかサイレンは撤去された。そして、存在しているという感覚も消えた。いま、ここに。たしかに生きている。また一週間無事だった。

村は二つに分かれていた。村に残った者たちは中心に住み、他所から移ってきた者たちは耕作地の端に居を定めた。そこに彼女の家もあった。家とは名ばかりの代物だったが。ブルドーザーとトラクターがいくつものパーツから二、三日間で組み立てる、紙箱のような家を建てるだけの金しかなかった。おかしなものだ。電話線が引かれるのを一生待っていたかと思いきや、今度は三日で家が建つなんて。壁は薄かった。だれかが階段を降りると、地下室でガタガタ音がした。とはいえ何物にも視界をさえぎられることなく、耕作地が見わたせた。家の前面はツタに覆われている。スズメの集団の隠れ家。手を叩けばもうスズメたちが飛びだしてくる。

だれか彼女を呼んだだろうか？

もちろん、ハンスだ。いつだってすぐに来客を嗅ぎつける。来客というのはハンスの場合、垣根越しにだれかが通りかかったというだけなのだが。廃棄された木枠のガラス戸を自分で組み立てて造った温室から、ちょうど出てきたところだった。手にトマトの枝を持っている。足を引きずるような歩き方。例によって時間はいくらでもある。

「車がどうかしたのかい」

目ざとい。

「ええ、バッテリーがね」

ハンスは手を振ってみせた。「ああ、わしもあったよ。昔な。だが、ほかにもいくつか故障してな。全損だって、ぬかしやがった。全損だなんて、そんな風にゃとても見えなかったのによ。あの犬めら。すぐ全損だってぬかしやがって。それで終(しま)いよ。いい車だったのに。ありゃほんとに値打ちのある車だった」

ハンスの庭のむこうの、収穫を終えた畑のあちこちに、ロール状に巻いた麦わらが転がっていた。広い空の下に、送電線が低くたれさがっている。ハンスが前回その車の話をしたのは、ティーレの息子が自動車事故で死んだときだった。十七歳。無免許運転だった。時速二百キロ。どんな母親だって望まない。だがあのやんちゃ坊主ときたら、何の役にも立たなかった。

彼女はハンスの話をもう全部知っていた。だが問題はそこではない。一日一回ハンスと言葉を交わすのは、慈善事業だった。それでハンスは自分がまだ存在していると錯覚することができる。彼女がそこに立っているのは、自分が哀れな豚だからなのだということは、ハンスにはどうでもいい。哀れな豚、それは彼の財産だった。彼は暇さえあれば、中庭でそいつを追い回していた。そしていま彼は絶好のチャンス、彼の一日のクライマックスを迎えているのだった。

「知ってたかね、ハナバチはミツバチより働き者なんだ。群れじゃなく、一匹で暮らしてるからだよ。または、ゆるい生活共同体のなかでね」

何が言いたいのだろう。

「ところが、みんな死んじまってるんだ、ハチが。それがどういうことか、あんたにゃ言わずもがなだろ。ハチが死んじまったら、人間は四年しか生きられないんだ」

またいつものいわくありげな顔。

「そんな話、どこで聞いたの」

彼は首をかしげてみせた。「わしだって新聞くらい読むし、ラジオだって聞くさ。ただぶらぶらしてるわけじゃあない」

まるでそれ自体が手柄だとでもいいたげな顔だ。もっとも、ある意味手柄だった。じつに辛い苦行にちがいない。何の機能も果たさず生きつづけるというのは。無用の存在。他者の負担の上の生。人間にしか見られないことだ。

「わしはメディアという膜を通して、外の世界を知覚してるのさ」彼は耳元に手をあて、耳をすました。居間の窓には外気温計が二つぶら下がっている。念には念を入れて。少なくとも気温くらいは自分で管理したいのだろう。彼は毎日夕方になると、赤いトラ猫と一緒に畑を散歩した。そして事あるごとに、エリザベートとわしは……と言うのだった。エリザベートと彼。

ハンスにはウクライナ人の妻がいたが、その妻はとっくの昔に行方をくらましていた。彼は大金を棒に振ることになった。彼はけっして彼女の話をしなかった。もう思い出すことすらなさそうだった。一度ひどく酔っぱらって、ゴム人形を抱いたまま、村中をうろつき回ったことがあった。子どもはいない。動物は少なくともいっとき、交尾のために一緒になる。一時的な繁殖共同体だ。ハンスは見込みを誤ったのだ。だいたいいつも見込み違いばかりしていた。だが、彼はそれをやめられない。やめられるはずがあろうか。どうだい、あんた、投資しないか？　五千ユーロなんて、はした金さ。さあ、思い切って！　彼はただそこにいただけだ。彼の土壁の家、このあたりで唯一のどっしりした建物に住んでいた。住居というよりはむしろ車庫を思わせる、穴蔵のような建物だった。作業台のある趣味のための地下室があり、自分で描いた絵が飾ってあった。だが、彼ははじき出された。永遠に。もう二度とその家に足を踏み入れることはないだろう。

　エリザベートが来て、彼のふくらはぎに体をこすりつけ、彼の足の上に座りこんだ。この猫には犬のようなところがあった。

「わしはばかな真似はしない」何かをしないことが手柄だと。なんとご立派な。が、もういい。彼女は行こうとした。

「ちょっと待った」

　彼はかがんで猫を撫(な)で、何かを拾い上げた。

　さびたネジが一本。彼はちょっと重さを確かめてみてから、空中に放りあげてまた受けとめ、手を開いた。

「ほら、どうだい、こいつはまだ使えるよ」そう言って、くたびれたジーンズのポケットにしまった。満足げな顔だった。彼の一日は救われたのだ。いい獲物を手に入れた。家に持ち帰って、他の物たち、いつか使えるかもしれない物たちと一緒にしておこう。彼の備蓄品（スペア）置き場に。備蓄品としての生活。幸せなハンス、哀れな豚。

「良い一日を、ハンス」

彼は今日の取り分をあたえられた。

「嬉しいよ、あんたがわしの名を呼んでくれて。気分が良くなる。そうはないこったからな」彼はウィンクしてみせた。「近頃は、だれも人と話そうとしない。人と人が会話しなくなっちまった」

もちろん自分のことだ。だがどうしても言わずにいられないのだ。ちょっと甘い顔をすると、すぐにつけあがる。だが、今度こそ行こう。

彼女は彼を置いて立ち去った。そうされることに彼は慣れっこだった。


またしてもこの疲労感。コーヒーを淹（い）れよう。ヴォルフガングはまだダチョウのところだ。帰ってくるまでにはまだ間がある。エリザベートが庭を通っていった。遠くには風力発電機の赤と白の羽根と、点滅する無線塔。

メールの件名は単語二つからなっていた。心臓が、脈打つ筋肉が口から飛び出しそうになるのを感じる。ジャスト・マリード。その言葉の意味は、英語を知らないインゲ・ローマルクですら理解できた。ジャストか。下線のついた行をクリックする。写真が出てきた。にんまり笑う男女、どちらも白に身を包んでいる。二人の他人。スティーブンと書いてある。スティーブン・アンド・クラウディア。その下に絡み合う指輪と、互いにくちばしを触れ合う二羽のハト。お祝いのカードの鳥。虹の下で平和を告げる鳥。そのくせハトは、よくくちばしでつつき合うことで知られていた。彼らにこんな純真そうな顔をあたえたのは、異常な近親交配による品種改良に他ならない。

　彼女は椅子の背にもたれかかった。テーブルの上には授業の教材が積んである。一番上に九年生の座席表。なんてごちゃごちゃしているんだろう。たくさんのバラバラの筆跡。読みづらい。ほとんど判読できないものすらある。もう一度清書しよう。そしていちばん下の端。教卓の場所だ。自分の名前を書きこまなくては。瞼が重くなり、目が閉じそうになる。と思うと、画面いっぱいに毛玉のような円がふわふわと漂い、流れ去ってはまた現れてをいつまでもくり返した。口のなかがカラカラになり、喉（のど）がぎゅっとしめつけられたようになる。インゲ・ローマルクは、まるで飴玉でも呑（の）みこんだような感じがした。

遺伝のしくみ

ツルたちはあいかわらずそこにいた。家の裏手の、耕地が傾斜して窪地になっているあたりだ。何週間か前からそこに集まってきて、刈入れ（かりい）の済んだ畑で餌をついばんでは、近くに散在する円形の沼のくるぶしまでの深さの水のなかに、気取った脚で立って眠った。明け方の薄明のなかではあちこち動き回る灰色の点の集団にしか見えなかった鳥たちが、黒々とした景色を背景にしだいに輪郭をとりはじめる。ゆっくりと歩き回る鳥たちの群れは、日を追うごとに大きくなっていった。鳥たちは互いを知らない。共通の目的地によって結びつけられた、匿名（とくめい）の鳥の群れ。目指すはアンダルシアと北アフリカの海岸。西ヨーロッパから地中海へ向かう隊列のしんがりだ。湿って冷たい空気が身にしみた。窓台にはもう霧氷が降りている。ツルがこんなに長くここにとどまったのは初めてだ。十一月中旬。ツルたちはそわそわして、何かを待っているように見える。渡りの前の落ち着きのなさだろうか。いよいよ飛び立つのか。房飾りのある翼を広げ、トランペットのような叫び声をあげて、空に舞い上がるのだろうか。脚と首をまっすぐに伸ばし、空に密集方陣（ファランクス）を描くのか。南

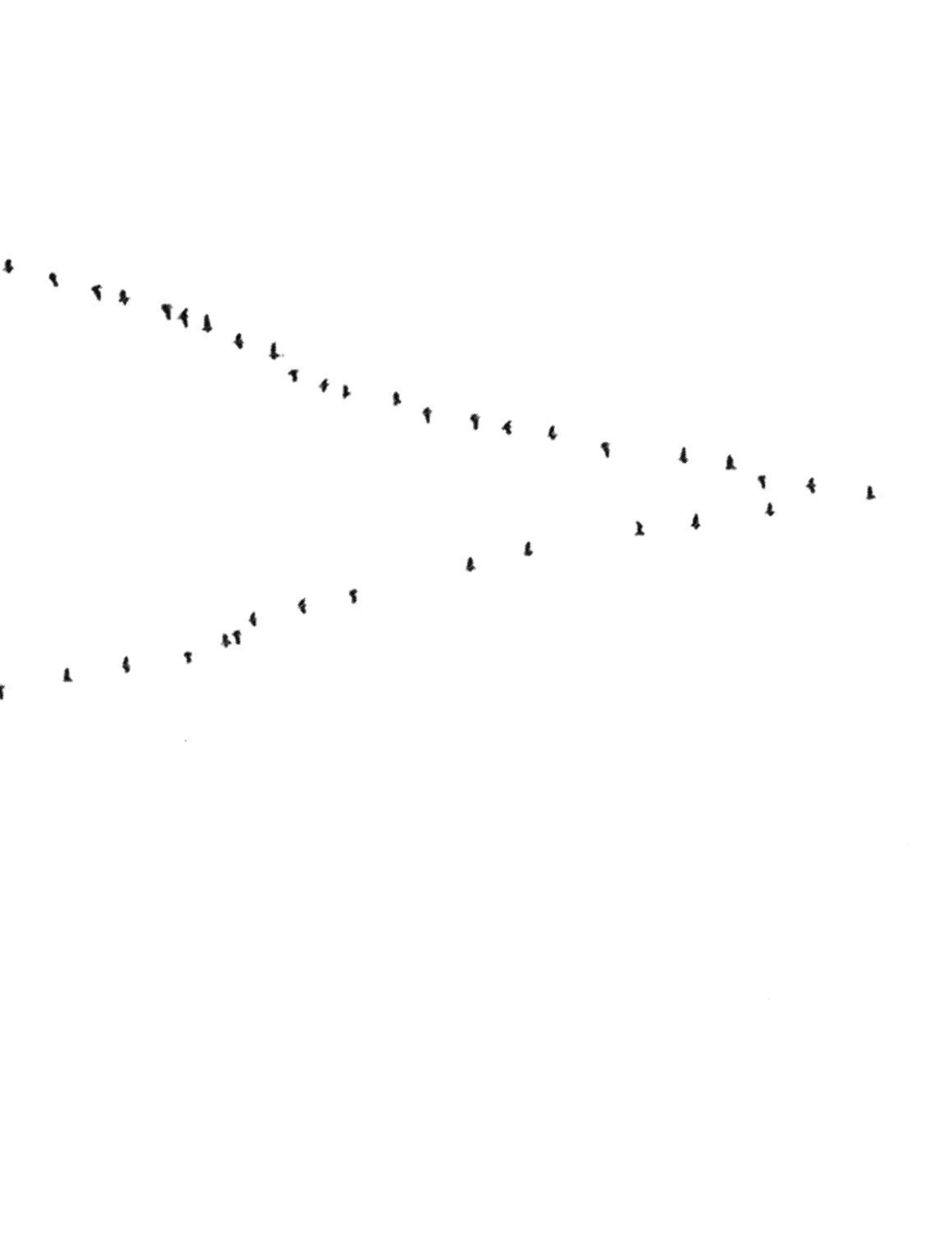

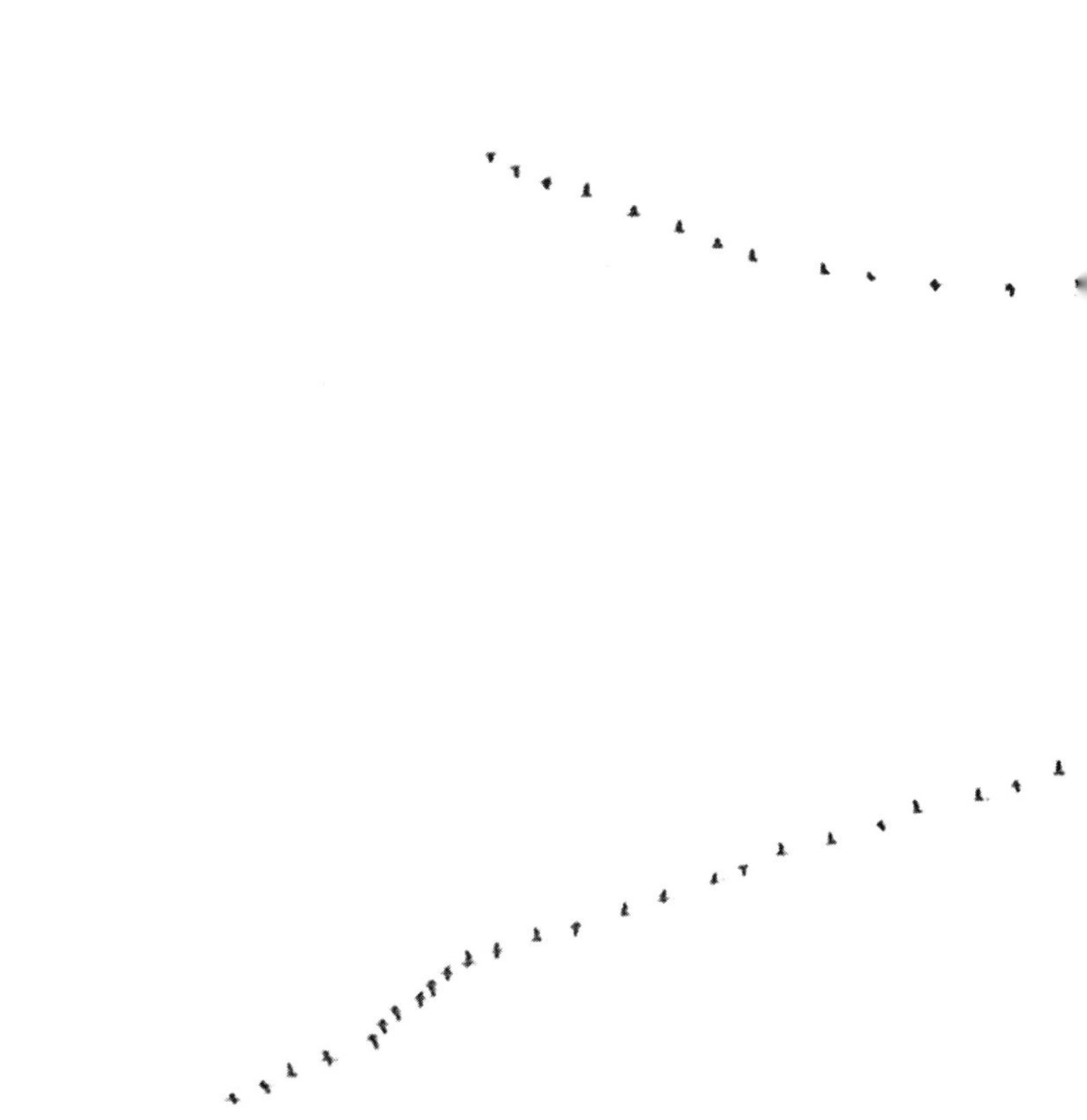

へ向かう、曲がりくねった矢印。彼らがどうやって方位を知るのかはいまだに謎だ。太陽？　星？　磁場？　体内に方位磁針を持っているのか。

インゲ・ローマルクの吐く息が蒸気のように立ちのぼった。寒かった。零度を下回っているだろう。ツルたちは何を待っているのか。本能にしたがうのは、どんなにいい気持ちだろう。意味も理性もなく。彼女は窓を閉めた。

例によって、ヴォルフガングはもうダチョウたちのところへ出かけていた。テーブルの上に、中途半端に準備された朝食が残っている。こぼれたパンくずが、彼の食べた場所を教えていた。彼女の椅子の上に衣類のかたまりが置いてある。くしゃくしゃに丸めた緑色のオーバーオール、肌着、青い靴下。洗濯を頼むときの彼のやり方だ。どうしてもまた緑のオーバーオールでなければならないのだった。あの鳥たちの脳は、人の顔を覚えるには小さすぎるからだ。他の色だったら、彼だとわからないだろう。だが、それは言わないことになっていた。絶対に認めないだろう。ヴォルフガングにとって、ダチョウはいちばん賢い動物だからだ。彼はまさにダチョウに首ったけだった。生まれつきマスカラを塗ったようなまつ毛、右左に身体を揺するような歩き方。ダチョウたちが彼に完全に依存しているから、というのもあった。いずれにしても緑のオーバーオールを着ているかぎりは。完全に間違ったすりこみだ。彼がそばについていないと、雌たちは交尾もさせないほどだった。もちろん雄はそれがひどく気に食わない。毎回羽を広げて、彼に向かってくる。種鳥の威嚇のポーズ。繁殖期に縄張りを守るダチョウの雄は、自分の雌牛を見張る雄牛と同じくらい危険だった。

ヴォルフガングがいつまでたっても、自分がいないとだめだと思い込んでいるなんて。昔、雌牛を自分の手で受精させていたからというだけで。男性のある種の優位が、受胎可能性を高めるのは確かだだが。それに交尾というのは一種の戦闘行為だ。ほとんどの脊椎動物において、生殖行為はすさまじい声を伴う。猫のあのあさましい叫び声を思い出せばすぐにわかるだろう。

一度ヴォルフガングは逃げ遅れて、軟骨状の二本の趾(あしゆび)で胸を蹴られたことがあった。それで新聞にまで載った。

またしても冷蔵庫の野菜室いっぱいに、ココナッツ大のダチョウの卵が詰めこんである。いったいだれが食べるというのか。動物のなかで最大の細胞。一クラス分のオムレツが作れる。この鳥がもともと、百人も家族がいる地域に生息していたのも頷ける。だが彼女たち二人には、どう考えても多すぎた。しかも卵は日持ちしない。そうでなくても、食事を一緒にとることはめったになくなっていた。彼女は昼、学校でアニタおばさんの作ったものを食べる。彼はダチョウの餌を用意する小さな小屋で、自分も食事を済ませる。見学客が来ることも多い。加えて二、三週間ごとに、バルト海新聞の記者がだれかしら来る。その記者を相手に、ダチョウ飼育について何時間でも語る。交尾期が終わると、雄の頸(くび)の赤みが消えること。ほったらかしにされたと感じると、声をふるわせて訴えるように鳴くこと。ヒナは毎日一センチずつ成長すること。ヒヨコのうちから餌に丸い小石を混ぜてやるのが、いかに大切かということ。彼らは短く切った牧草を、小石の助けを借りて強靭(きょうじん)な砂嚢(さのう)で粉砕するのだ。それから、ダチョウの肉を高い値段で買うレストランが、ベルリンに何店かあること。とくに腿肉は人気があった。そもそも肉のなかでもっとも健康的な肉だという。脂肪分、コレステロールが少ない。彼はいつも牛肉の味に似ていると言うが、そう思うとしたら、たんに肉の色が黒っぽいからというだけの話だ。視覚的な魅力は味覚に勝つ。ところが、どの記事にもそう書かれていた。ヴォルフガング・ローマルクは新聞の地方欄のヒーローだった。再出発して成功した者の一人。衰退した畜産業のかつての獣医技術者から、エキゾチックな動物を肥育する趣味の畜産農家への転身。しかもそれは非常に絵になった。赤色光ランプの下の縞模様のヒナ。速歩で走るダチョウ。交尾のダンスを踊るダチョウ。雪の中のダチョウ。それにこんな見出しが付く。「フォアポンメルンの草原に巨大鳥」「ダチョウ牧場は抱卵ムード」「この卵一個で二十五人分」「攻撃的な雄がダチョウ農夫を襲撃」

　彼はすべての記事を切り抜いて、額に入れた。彼の地下室の壁に掛かっている。リビングにはそのための場所はない。ダチョウは家族ではないからだ。

　歯を磨きながら、彼女はもう一度ツルに目をやった。最後の鳥たちもすでに沼地の寝床を出て、羽をゆすりながら身づくろいし、首を伸ばして風と気温を確かめている。いまではその黒い脚まではっきりと見える。ツルたちはその脚で、優美に軽やかにゆっくりと遠ざかっていった。ぎこちなく体を揺するダチョウの歩き方とは比べ物にならない。ツルはここでは湿地の鳥だが、越冬地では浜辺の鳥になる。二重生活。長くともあと三日以内に旅立つだろう。計算は簡単だった。どんな行動も、ある一定の時間とエネルギーを要する。投資が報われるのは、投資した時間とエネルギーよりも大きな利益が期待できる場合だけだ。大事なのはつねに効果だ。すべてにおいて。ツルたちの飛んでいく先は、きっと素晴らしい場所なのだろう。地中海。いま何時だろう。もう行かなくては。

バス停には、マリー・シュリヒターが立っていた。かすかに頷く。反らせた頭。高々と持ち上げた鼻。馬にでも乗っているのかと思うほど。落果のような脳が、うまい具合に頭蓋骨に包まれている。医者の娘。田舎の匂いを嗅ぐために引っ越してきた。だが、マリー・シュリヒターは匂いを嗅いだりしない。そもそも息をしているのだろうか。なんといらいらした様子をしているのだろう。いかにも不当なことを要求されているといわんばかりだ。青春はいわば人生の抱卵期。スクールバスを待ち、運転免許を待ち、ふたたびここから引っ越せるのを待っている。最善のものがまだこれから来るという傲慢な確信。思い違いをしているのでなければいいが。だがこの子は少なくとも口はつぐんでいた。

バスは時刻通りに来た。あいかわらずほとんど空っぽだ。皆が自分の指定席を持っていた。マリー・シュリヒターは前へ。インゲ・ローマルクは後ろから二番目へ。ディーゼルエンジンの音がいちばんうるさい所だ。遅くとも五つ先の停留所あたりまでに耳を聾するほどになる騒音を、そのエンジン音がかき消してくれるだろう。彼女のせいで、全体の席順がひっくり返っていた。パウルと仲間たちは最後尾の席から追いやられた。不良少年と晩生からなる集団は、いまや真ん中あたりに席を占めている。もちろん好奇の目は向けられた。なぜローマルクが毎日バスで通うようになったのか、生徒たちはいぶかしがった。だが、自分で運転しない利点は山ほどあった。事故の危険性一つを考えてもそうだ。自分の命を大事にしない愚か者はたくさんいる。そして野生動物は言うまでもない。まだ暗い夜明けにノロジカやイノシシに遭遇すると、彼らは近づいてくる車両をガラス玉のような目で凝視したまま、その場に凍りついてしまう。そうなれば車を停めるしかない。さもないと保険金を支払ってもらえない。この地方一帯が、まさに巨大な猟獣(りょうじゅう)通行域なのだった。いたるところに狩猟小屋がある。高い足場の上の小屋に、急な梯子(はしご)がかかっている。大人のための木の上の家。そもそも昔はいつもバスに乗って移動していた。学校へも、県庁所在市へも。そして秋にはよくヴォルフガングと一緒に、遠い北部までツルを見に出かけたものだ。最初はバス、次に列車に乗り換える。それからまたバスに乗る。果てしない旅、色づいた秋の野。保温ポットとオープンサンドを持って。ようやくツルの群れが集まる場所を見つけて高い足場に登り、ただ並んで座って、ツルを観察した。何時間も。彼のそういうところが気に入ったのだ。何も話さなくていい。彼もそれを喜んでいるようだった。彼の最初の妻はおしゃべりで、とにかく一日中だまっていられなかった。そして彼女の前のパートナーだったクラウスは、つねに議論したがった。政治的な話題だ。政府について、未来について。彼は話しながらますます激昂(げきこう)し、彼女はますます疲れていった。いつの間にか頭痛までするようになった。一方、クラウスは真っ赤な顔になった。ペルロンの背広を着て、ボタンの穴にカーネーションを差した男たちのように。どこかのステージに立ち、未来ののぼりの下で、自分たちが考え出した世界について演説する男たち。立派な労働者たち、実行された計画、改良された生産手段。「今日のわれわれの働きが、明日のわれわれの生きざまになる」それが脅しなのか、それとも約束なのか、どうしてもわからなかった。ひょっとすると両方かもしれない。いつしかクラウスはそれを本気で信じるようになっていた。だが、その頃には二人はとっくに別れていた。にもかかわらず、彼女は尋問された。三時間半。彼女は知っていた。きれいに髭を剃(そ)った紳士たち。エレガントなスーツ。ペルロンなんかじゃなく。彼らは最初とても行儀よく座っていた。コーヒーとケーキ。ところが居座って帰ろうとしなかった。彼女にやましいところはなかった。他の者たちもサインした。そんな二、三の報告書がだれかの害になったわけでもない。それがいま頃になってしつこく言われるなんて。カトゥナーまで彼女に態度表明を求めてきた。カトゥナー自身、完全にクリーンでもないのに。何週間か前から、教員を一人ずつ校長室に呼び、その後はだれも何も言ってはいけないことになっていた。ハンスがいつか言っていた。昔は少なくともシュタージが彼に関心を持ってくれたと。どうしようもなく孤独に苛(さいな)まれると、彼は自分についての報告書を読む。そして自分がかつてどれほど重要な人物だったかを知り、自分を慰めるのだ。少なくとも何人かの密告者と指導部の職員にとっては。報告書には何が書かれていたか。家具がほとんどないこと、女性の訪問がないこと。反社会的人物であること。「近隣の借家人によれば、H・Gは労働嫌いの人物であると評価されている。調査対象者は車両を所有していないが、自転車は所有しており、ほぼ毎日使用している。また彼は非常によくしゃべる」いまは何でも好きなことができるようになった。ただし、だれもそれに関心を示さない。

ジェニファーがケヴィンを引き連れて乗りこんできた。最後列へ。パウルの撤退後、そこは思春期の異種交配の試験場と化していた。ケヴィンが牛のような鼻環(はなわ)を着けて登校した直後に、ジェニファーが主導権を握った。顔の真ん中にぴかぴか光る金環。子牛を離乳させるため、あるいは雄牛を引き棒に繋ぐために付けるような代物だ。連れだって歩くということを、ここまで文字通り実行するとは。しかもジェニファーは引き棒すら必要としなかった。この小さな雄牛は従順だった。

白く曇（くも）った窓。結露している。ひどく暑い。ガラスを少し拭いて、外を見る。一向に明るくなる気配はない。どんよりとした空、色あせた耕地。犂（すき）で耕した畑の、収穫を終えたトウモロコシの黄灰色の茎。緑色のまだらの地面。三圃（さんぽ）農法のための間作作物が、貧弱な芽を出している。ヤセイカンラン。穀果につづいて畑野菜、穀類の後は甜菜（てんさい）類。家畜のいない牧草地であちこち掘り返された土の穴。一すじの細く弱々しい光の帯が、遠くの淡青色の森の上空にかかっている。

次々に通り過ぎていく木々。葉を落とした菩提樹のひび割れた幹。ガラス窓をはめこんだ待合所。夜間の寒さで曇ったガラスに、村の若者たちにはがされたポスターの残骸が残っている。アスファルト脇のくぼみや、草におおわれた縁石に立つ黄色い支柱に、停留所を表すHの文字がささっている。そしていたるところに、登校する子どもたちが一人、または数人ずつかたまって立っていた。まるで牛乳瓶のようにかき集められて。道端の牛乳瓶。学校の牛乳もいまはもうない。毎週集金に来る牛乳配達人もいない。バニラ、イチゴ、プレーンが二十ペニヒ、チョコは二十五ペニヒ。冬場は配達箱のなかの牛乳に、氷のかたまりができた。カルコフスキーはそれを暖房のそばへ置いた。牛乳が溶けるには、休み時間までかかったものだ。子どもの骨にカルシウム。そして歯にはフッ素。錠剤を幼稚園でもらった。いまは子どもに錠剤をのませたりしたら、警察につかまるだろう。バスは永遠に時間がかかるように思われた。四十五分間。停留所の数が多いからではなく、あり得ないほど回り道をするせいだった。労力と効果を天秤にかけるという当たり前のことが、ここでは通用しなかった。どの袋小路でもいちいち曲がる。どこでも停車する。全員が乗って行かなければならないのだった。

五年生と六年生の集団も、もうほぼ全員乗りこんでいた。なぜこの子たちまで乗せていくのか。彼ら専用のバスがないなんて。もし事故で全員死んだら、地域のいくつかの学校も即閉校になりかねない。そうしたら少なくとも静かにはなるだろう。このわめき声。ようやく乳歯が抜けたと思ったら、もう大口を叩きはじめる。首から鍵と携帯電話ポーチ、歯の矯正具ケースをぶら下げている。異様に大きいランドセルが座席を占領し、彼ら自身は椅子の端っこに無理やり腰かけている。靴を履いた足は座席の上だ。とはいえ、この模様なら汚れてもどうせわからないだろう。一方、上の学年の子たちは生ける屍（しかばね）のようだった。若者特有の、ずるずると足を引きずるような歩き方。だらりと下がった肩からいまにもずり落ちそうなリュック。眠そうな目。鼻の付根より高い位置で束ねたポニーテール。またはスキンヘッドの子もいる。戦闘用スタイル。野球帽からのぞく、寒さで赤くなった耳たぶ。男子生徒の開いた口。歯を見せるのは、笑いと威嚇の中間。頭を寄せ合っている。せわしなく行ったり来たり、ずいぶん忙しそうだ。

　彼女の前の座席の、落ち着きのない少女。細くて薄い髪。紫色の蝶が付いたカチューシャが、背もたれの向こうで何度も飛び跳ねている。毛皮のついたフード。人工の毛皮だ。紫色の蝶なんているのだろうか。きっと熱帯雨林にはいるのだろう。種の多様性が非常に豊かだから。ほとんど耐えがたいほどの多様性。奇妙な生き物。調査団が訪れるたびに新種、亜種、変種が発見された。孤立によって多産になった雑種。分類項目がないため、新たに創設しなければならない。とうてい追いつけなかった。夜のテレビ番組。ジャングルのなかの、色とりどりの点。彼女は人生でまだ一度もカワセミを見たことがなかった。あり得ない。長年の間でただの一度もないのだ。だがナベコウは見たことがあるし、コウライウグイスは二度見た。黄色い奇跡の鳥。まだ幼い頃のことだ。父親と一緒だった。そこへ少女が一人、よろめきながら乗ってきた。大きくて不恰好な子だ。髪はぼさぼさ。まるでお尻のように肉づきのいい頬。出っ張った胸が上着を押し上げている。せいぜい十二歳。だが、もうぜんぶ揃っていた。ぜんぶが終わっていた。カチューシャの少女のところまで来て、前に立ちはだかる。

「あんた、前に来いってさ。ユリアーネのとこ」それはただの伝言ではなく、命令だった。ユリアーネは子分たちをうまく飼い慣らしているらしい。蝶の少女はすぐに飛んでいった。

　強者と弱者の序列は見事にできあがっていた。王様と歩兵。花の蜜をかき混ぜる働きバチ。これほど厳しいヒエラルキーが支配している年齢層は他にない。上の序列に上がることは不可能も同然だった。一度アウトサイダーになったが最後、ずっと標的にされる。鞭を振るう者はつねにいた。髪の毛を引っぱる。つぶした野バラの実を襟のなかに放りこむ。帰り道に待ち伏せする。体操着入れを盗る。トイレで殴る。ズボンを下ろす。仲間意識を育てる肥やし。ちょうどエレンもいま、だれかに頭を抱え込まれている。本当に危険なようには見えなかった。とにかくエレンはまだ抵抗している。自分の力で何とかすべきなのだ。そのうちに解決するだろう。

　またバスが停まった。今度の新入りはサスキアだった。いつものように最後尾まで行き、ジェニファーのほうへかがむ。互いの頬にキスを三回交わすが、一言も話さない。まるでカーテンのような髪。ブレスレットがカチャカチャいう音。ケヴィンに向かって手を上げる。それから座席にどさりと座りこみ、巨大なヘッドホンをつけると、音量を数デシベル上げた。耳が聞こえなくなるほうが、孤独よりましというわけだ。ジェニファーに追いつくために、サスキアは少しの間パウルにちょっかいを出していた。だが、優しくしたり突き放したりを交互に繰り返す遊びは、パウルにはハードルが高すぎた。競争敗退。接続失敗。

最後部席の沈黙。ジェニファーとケヴィンは退屈していた。

「あたしのこと、愛してる?」ジェニファーの子どもっぽい声。

「当たり前だろ」なんと大人びた言い方。

「じゃあ、あたしの携帯の番号、言ってみて」

「何だって?」

「あたしの携帯の番号。覚えてるでしょ、当然」女の論理だ。

「なんでだよ? 登録してあるって」

「いいから。言って」

「ゼロ……一……ええっと……七」

「はい、つづけて」

彼はつづけられなかった。ジェニファーが手伝ってやる。それからキスでもさせているのだろう。いずれにしても何も聞こえなくなった。気色悪い。とはいえ、何を話せばいいというのか。何も言うことなどない。皆、どっちみちしゃべりすぎなのだ。ヴォルフガングと彼女がもう会話しなくなったことは、何日も互いに顔を合わせない以上、気にもならなかった。いったい何のためにくっつく必要がある? カップルが一緒にいるのは、子育てにとんでもなく手間がかかるからにすぎない。

彼女たちはもはやカップルの関係を強化する必要がなかった。子どもは巣立ちを終えた。一件落着。これ以上何をしろというのか。お互いに葉書を書くとか？　仲が良かった時期もあった。いまはそれぞれが自分のやりたいことをやって、それで満足している。彼には仕事がある。二人は互いにうまく折り合いをつけてきた。自分の役割に完璧になじんだ。いつかすべてが終わるときが来る。もし彼女が早めに退職するとしたら、彼は経済的に彼女に頼ることはしないだろう。以前、彼は二列めにいるような女が好きなのだと彼女に言った。まだ結婚する前のことだ。けっして大恋愛ではなかった。その必要もなかった。彼が動物とうまく付き合えるのを、彼女はいつも好ましく思っていた。そもそも愛って何。病的な共生状態のための、一見完全なアリバイ。たとえば、ヨアヒムとアストリッド。子どもはいない。できなかったのだ。そして何もかもすでに手遅れになってから、相手に原因があるといって非難の応酬をはじめた。二人ずつ連れだって散歩に出かけた。前に男性二人、後ろに女性二人。ヨアヒムの禿（は）げた頭、ヴォルフガングのくしゃくしゃの長髪。アストリッドの神経質な声。審判ごっこ。ねえ、あなたもそう思わない？　いや、彼女はそうは思わなかった。他人の不幸が彼女に何の関係がある？　彼らは哀れではあったが、同情には値しなかった。あやうく死にかけるほど暴力をふるい、相手にしつこくつきまとい、一方が自殺すると言って他方を脅した。文化会館での謝肉祭。ザクセンから来たバンド。四人の長髪の男たち。ダンスの時のパートナー交換。大量の混合酒（ゴルトブラント）。早朝、マルクト広場のミルクホールでの騒動。二人が同類なのは疑いの余地もなかった。共生と寄生の、きわめて効果的な混合物。シャムの双生児。一人がくたばれば、もう一人も死ぬ。そのうちに二人ともいなくなった。ベルリンへ引っ越したのだ。文化があるからといって。どっちみちもう見ていられなかった。

バスは袋小路に入った。その道のいちばん奥で、エリカが待っているはずだった。体調を崩していなければ。もしエリカが休みなら、森を抜ける四キロの回り道はまるで無駄だったことになる。だが、エリカは元気だった。いずれにしても彼女はバスに乗りこみ、犬のような目で挨拶し、ローマルクと同じ高い席に座った。窓に顔が映る。弱い光に照らされたエリカの顔。モミの木の森を背景に、左右が逆になっている。ぴったりとしたブルーのウィンドブレーカーは、二、三週間前にこのぶかぶかのパーカーに替わった。アーミーグリーン。袖の部分に小さな国旗がついている。金槌とコンパスと麦穂の冠はない。いまだに何かが足りないような気がしてしまう。当時デモに参加した際、彼女はそのエンブレムだけを外した。国旗の地の部分は同じなのだから。少なくとも国旗は買い直さなくてもいいわけだ。あのパーカーがお兄さんのお下がりということはないだろう。ラングムートという名字の生徒には覚えがなかった。やはりどこかから引っ越してきたのかもしれない。だが西からではないだろう。それにしてはあまりに静かすぎる。保護者の夕べにはだれも来ていなかった。出身地がクラス名簿に記載されなくなるとは。情報はほぼないに等しい。いまや何もかも個人情報保護だ。生徒たちのことをあまりに知らなすぎる。自分の夫よりも長い時間を一緒に過ごしているのに。自分の子は言うに及ばずだ。おや、リュックから何を取り出したのだろう。数表だ。ぱらぱらとめくって、目当てのページを探している。誕生日は八月。夏休み中。獅子座。残念だ。家庭訪問できたかもしれないのに。子ども部屋を見る。ピンボード。カラーペン。ポスター。オタマジャクシからカエルへ。家庭訪問をすれば、何が起きているか一目でわかる。いつかの、あの家

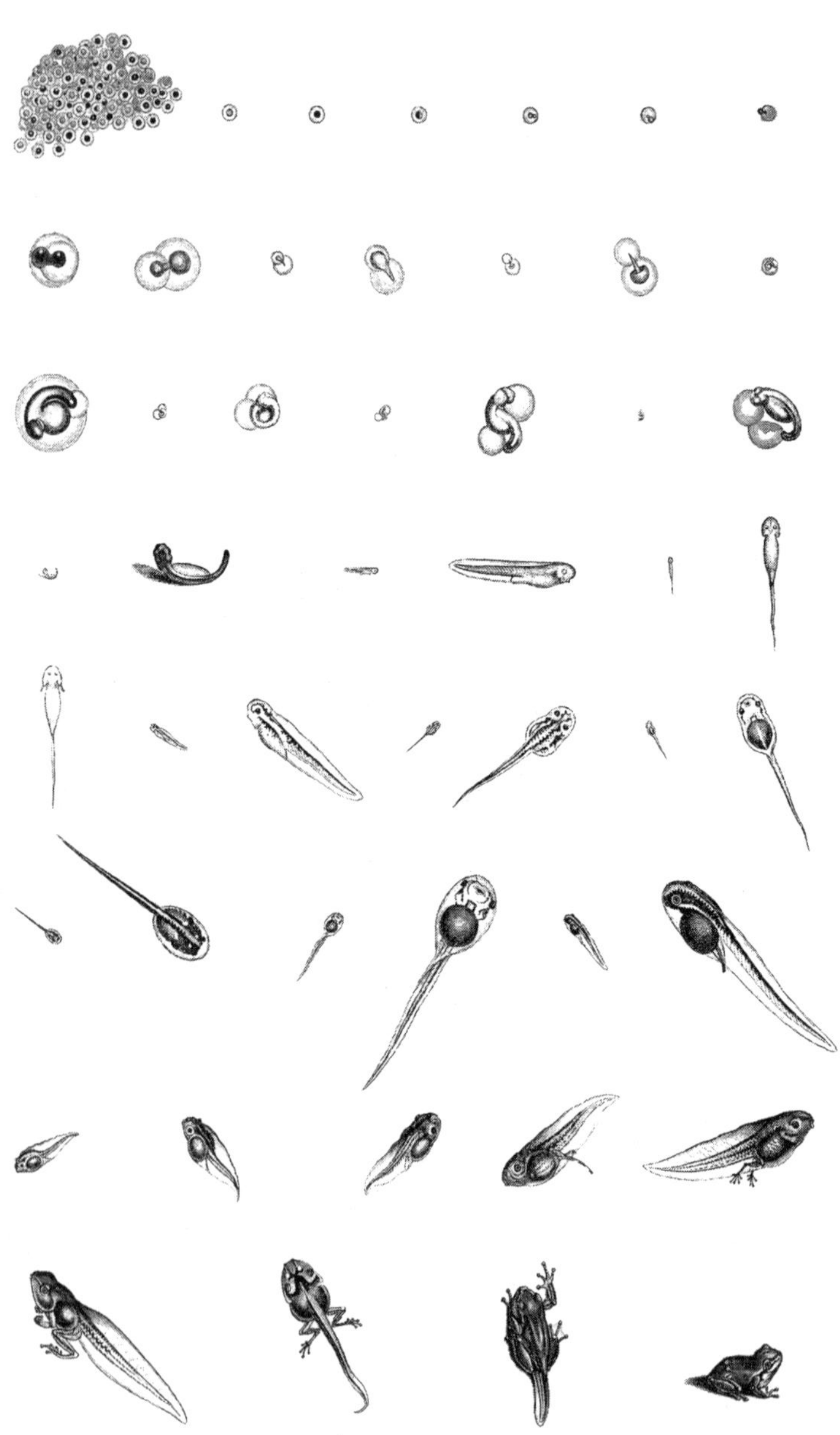

庭がそうだった。彼女がまだ総合技術学校（POS）で教えていた頃のこと。母親がドアを開けた。もう若くはない。泣きはらした目に、紫色のアイシャドー。赤ん坊を腕に抱き、タバコを口にくわえていた。母親はそのままの恰好で、六人の子どものうち進級が危ぶまれている一人について、彼女と話をしたのだった。時々、タバコの灰が赤ん坊の上に落ちた。すると母親はぷうっと息を吹いて払う。いまでは家庭訪問をするのは、ごく例外的なケースだけだ。そしてエリカは進級が危ぶまれてもいなかったし、とくに目立った行動が見られるわけでもなかった。青あざもないだろう。もしかすると親がいないのかもしれない。一人ぼっちで森に住んでいるのかも。友だちすらいないのだから。そのほうがいい。どうせ裏切りに終わるのだ。サスキアとジェニファーを見るがいい。ボーイフレンド？　まずあり得ない。生理はあるだろうが。たぶんペットを飼っている。だが犬とか猫ではない。どちらかというと小動物。トカゲとか、カタツムリとか。おとなしくて観察しやすい動物。庭に木の家があって。ノロジカの子どもを撫でるのを怖がったりする。虹色に光る、油の浮いた水たまりにじっと見入る。シラカバの樹皮をはがす。火打石（フリント）を鳴らして火花を散らす。じっさい、エリカはどこか変わっていた。だが、評定を出すのは学年最後になってからだ。昔は手書きだったが、いまはコンピューターだ。成績評価。願望とじっさいの能力。たいていは努力で終わる。期待した地平を一目見ることすら叶わない。そんなにじろじろ見てはいけない。出っぱった目。敏感な触角のよう。カタツムリの午後。彼女自身、子どもの頃いつもカタツムリと遊んだ。カタツムリに屋外用の家を作ってやった。木の枝を地面に差して。細い枝でできた壁には隙間が空いていた。砂で小さなベッドを作り、そこにカタツムリを寝かせた。まだ全然日は暮れていなかったが。そうして小さく切った布巾を掛けてやった。次の日になると、カタツムリは必ずいなくなっていた。散歩に出かけたのだ。それをまた捕まえてきて、家に連れて帰る。見たことのないカタツムリがまぎれこんでいることもあった。親戚のおばさんが遊びに来たのだろう。よりによって自分の家を持ち運んでいる生き物のために、家を作ってやっていたなんて。だれにでも家とベッドが必要だと思ったのだ。エリカにもだ。森が見える家。服を脱いだ。裸になるためだけに。そして家じゅう歩きまわった。両親は出かけていた。ソファに腰かける。奇妙な感触だった。夜、フクロウの呼び声が聞こえた。ナメクジ。彼らだって生き物だ。ただ美しくないだけ。足で踏みつぶしたくなるくらいに。ひょっとして、あの子は頭が悪いのかもしれない。エリカは相変わらず公式をにらんでいた。何か声をかけよう、とにかく、何でもいいから。

「おや、今日は試験があるようですね」

　エリカは顔を上げ、彼女を見た。戸惑っている、当然だ。

「はい、まあ」ためらいがちな答え。

「もう一度ぜんぶよく見直しましたか」

　エリカはぎょっとしている。彼女もだ。いまのはいったい何？　彼女は何をしているのだろう。もう何も言わないことだ。目をそらして。外を見て。窓の外を。窓から身を乗り出して。落ち着け、心臓。彼女はいったいどうしてしまったのだろう。いや、何でもない。何も言わなかった。何もばらさなかった。そのまま走りつづけて。もっと遠くへ。何もかもまったく普通だ。普通って何が。もちろん、ぜんぶだ。カタツムリの交尾。永遠に時間がかかった。若いほうの個体が、年上の個体の上によじ登るのだ。そしてその子はまた、かつて若かった個体の上に乗る。老若のカップル。彼らは皆、雌雄同体だ。あるのは男女の区別ではなく、老若の区別だ。周りの生徒たちは、彼女のことをどう思っただろう。妙だ。ほとんど静かだった。嵐の前の静けさ。いや、むしろ嵐の後。だれも何も考えていなかった。ジェニファーとケヴィンはうとうとしている。サスキアはヘッドホンを外して、ぼさぼさの髪にブラシをかけはじめた。遠い道のりだ。しかも毎日。全員がまだこれから学校へ行くのだ。それでエリカは？　生物学のバインダーをめくっている。いずれにしても、ばかではなさそうだ。

町の入口の標識だ。もうじき着く。昨夜見た夢。ダーウィン・ギムナジウムの食堂。とてつもなく広い。全面ガラス張りで、光に満ちている。まるで空港のターミナルビルのよう。だが、教師用のテーブルはちゃんとあった。どれもふさがっている。彼女の知らない教師ばかりだ。それで、生徒たちが座っているテーブルのほうへ行く。生徒ではなく旅行者かもしれないが、さだかではない。彼女は腰かける。そこで初めて、エリカも座っていたことに気づく。彼女の向かい側だ。すっかり大人びて見える。彼女に気づかない様子だ。だがテーブルの下で、自分の膝を彼女の脚に押しつけてきた。ぎゅっと強く。何という夢だろう。

生徒たちはまたもや暗がりのなかに座っていた。全員が夢うつつの状態。窓の青を背景に、灰色の輪郭。照明をつける。蛍光管がチリチリと音を立てた。手前左の管をそろそろ取り換える必要がありそうだ。実験室の目を射る光。夜の眠りは終了。起立。

「おはようございます」大きな声で、力強く。

弱々しいこだまが一斉に返ってくる。目が開いていない。

「着席」

教科書やノートをあちこち動かし、鉛筆を取り出す。すべての物が正しい場所に置かれ、全員が腕組みをするまでしばらくかかった。彼女が教えこんだ通りに。

「教科書とノートをしまいなさい」その声は優しげにひびいた。まったくそんなつもりはなかったのに。

ここに来てようやく彼らの目が覚めた。大きく見開いた目。あらわな驚愕。ショックで固まっている。まったく予想していなかったのだ。いつも通りため息をついたり、めそめそ言ったり。試験用紙を配られると、ついつい犬のような目つきになる。エレンとヤーコプだけが何も言わずにすんなりと用紙を受け取った。エリカは顔を上げもしない。アニカですら自信がなさそうで、自己平均点が危機にさらされるのを感じているようだ。よくある反応。先週、定期試験を返したばかりだった。細胞核の形態と機能。あらゆる存在の中心。遺伝情報からタンパク質への一方通行。そこに細胞核が埋め込まれている。試験の結果は悪くなかった。四が四人、三が五人、二が二人、一が一人。だが、今日はいわば自由演技だ。彼らはここでただのお遊びや暇つぶしをしているわけではない。ここでは結果が求められる。それはどこでも同じだ。予告なしの小テストは、学校が提供できる物のなかでもっとも実生活に近い。現実に向けての準備。予想外の出来事が、情け容赦（ようしゃ）なく次々に起ることへの準備。大学入学資格試験(アビトゥーア)の日程があらかじめ決まっているのも、まったく感心しない。予告しないで試験をするほうが、よほど意味があるのに。能力のない子たちのための福引大会。当たりくじは、厳封した封筒入りの試験問題。そうだ、いちばんいいのは受験者をくじで決めて、授業中に一人ずつ呼び出すことだ。年間を通して分散させて。準備に長い時間をかけていい点をとるなんて、何の芸もない。だから知識の伝達とその確認という惰性的繰り返しを、小テストによって攪乱(かくらん)する必要がある。さもないと最後にパブロフの犬ができあがるだけだ。人生ではベルなんか鳴らないのだから。

「こうすることで、だれが本当に話を聞いていたかわかります。短期記憶から長期記憶へ移行する途中で、いろいろなものが失われるのです」だが、これは余計だった。彼らはもう降参していたからだ。机におおいかぶさって答案用紙を温めながら、何かを探すように何度も天井を仰ぐ。彼女のほうを見、窓の外の栗の木の黒い枝を見る。だがそこにも答えは見つからない。すべてお芝居だ。心の奥底では、ようやく鍛えてもらえるのを喜んでいるのだ。動物はみな、支配されることを望んでいる。彼らも例外ではない。それはとりあえず何かだ。変化の乏しい生活に差す、一すじの光明。全身の力が抜けるような、それでいて身の引き締まるような感覚。一日分のアドレナリン量。鼓動する心臓は彼女の手のなかだ。そうだ、子どもたちよ。これが人生なのだ。そして生は厳格に二分されている。内的な原因と、外的な表現型に。固い知識、乾いたパン。簡単なことだった。多くを期待されるほど、多くの成果を上げる。成果を上げたいという意志は、人間の自然な本質に備わっている。そして、自然の法則を逃れることはできない。競争だけが私たちを生かす。能力以上のことを要求されて死んだ者はいない。むしろ逆だ。退屈で死んだ者はあるかもしれないが。

　机の間をもう一周する。戸棚から窓まで。モンステラにそろそろまた水をやってもいいかもしれない。埃のつもった五本の指が、力なく垂れ下がっている。驚異的な植物だ。強情に生い茂るのは、ほったらかしに対応するための一つの手段のようだ。たしかにそういう経験はだれしもある。むしろもっとも効果的な方法かもしれない。モンステラは本当に生命に固執しているように見えた。ぐんぐん成長する。どこまでも。ただし、この緯度では花をつけることはない。もうじき最初の雪が降るだろう。温帯の気候。はっきりした四つの季節。つねに太陽が降り注ぐのでもなく、カリフォルニア沿岸のような大雨が降ることもめったにない。当時、どれほどほっとしたことだろう。砂漠ツアーの後。空にようやくまた雲がかかり、太平洋はさえない灰色をしていた。茶色いペリカンが、まるでカミカゼのように海に突っ込む。長い曲がったくちばしのオバシギの若鳥が、波打ち際で波を追いかけて走る。金属探知機をもった男たちが浜辺を巡回する。あの国では、だれもが何かを探しているように見えた。ヤシの木も、テレビで見るのとは違っていた。ひどくぼさぼさで、乾ききっていた。では、ここでは？　何日も前から、太陽は顔を見せなかった。もう皆がその話ばかりしていた。だけど、人間は植物じゃないんだから。クラウディアはいつかそう言った。クラウディアの部屋の下ろしっぱなしのブラインドを、彼女が何度めかに上げたときに。クラウディアは何年も、午後の時間を暗い部屋のなかで過ごした。大人の段階になるまでの、自分の殻（から）への閉じこもり。たしかに人間は植物ではない。だがクラウディアは幼虫のように見えた。青白い、皮膚の薄い幽霊。ガリガリなのは元からだ。そしてあの不気味な音楽。微かに光るお香の火。びっしり書き込まれたノート。小さな鍵のついた何冊もの日記。隠された鍵。そしてどこも埃だらけ。まるでだれかが死んだみたいだった。キリスト教教育よりもたちが悪い。植物ではないが、動物ではあった。物言わぬ、落ち着きのない動物。

机の間をさらに進む。監督は必要だった。どこかでため息。トムのあの座り方。まるでくたくたのズタ袋だ。ラウラは胸を机のへりに押しつけている。神経質になっているのか、もったいぶっているのか。ケヴィンが何やら様子を窺っている。鼻環は答案用紙からせいぜい十センチほどしか離れていない。ためらいがちな頭の動き。カンニング工作か。だが、フェルディナントの席はあまりに離れすぎていた。その間隔は個体距離よりも大きい。

「ケヴィン、無駄な努力はしなくてよろしい。フェルディナントの字は、私ですら読めませんから」

全員が彼のほうを見る。群集本能。ちょっとした冗談で緊張をほぐす。彼女とてまったく話の通じない人間ではない。ケヴィンはあわてて体勢を立て直し、答案用紙を一生懸命見つめた。

このモンステラはどこから来たのだろう。ひょっとしてプレゼントだろうか。でも、だれから？ 教師が贈り物をもらった時代は遠い昔になっていた。腕いっぱいに抱えた花束。教師の日、六月十二日。ちょうど花々がいちばん綺麗に咲く頃だ。とくに牡丹（ぼたん）。職員室は花の海と化した。たとえそれが指示通りのポーズだったとしても、何がしかの意味はあった。

そしてヤーコプ。甘やかされた眼鏡っ子。ロウソクみたいにぴんと伸びた背筋。堅信礼（けんしんれい）でも受けるような姿勢だ。一問めからとばしている。無理な難問というより、挑戦させる意図の出題だったのだが。彼にとっては、すべてがどうでもいいようだった。彼の人生は、まだ始まってもいないうちにすでに完結していた。彼はすべてを受け入れていた。予告なしの小テストも、厳しい評点も、少しも気にならない。父親そっくりだ。公民権運動家みたいな髭と縁なし眼鏡の、温和な紳士。優性遺伝するのは近視だけではない。保護者会のたびに実例が示される。最上位にある遺伝法則はこうだ。子どもがひどければ、親はもっとひどい。子どものなかでまだ無害な状態でまどろんでいる形質が、親にあってはすでに十全に発達を遂げていた。タベアのはりつめた感じの母親。もちろんシングルマザーだ。どんな痛い目に遭ってきたのだろう。たえず他人の話をさえぎり、どの子もとびきり特別な個性をもっていると主張する。とりわけ彼女の娘は。よく言うものだ！　己の失敗した人生の価値を、己ほどできそこないではない子によって上方修正しようという哀れな試み。前方への逃避。子どもは投資だった。遺伝因子は、未来への唯一の投資だ。それは自分の遺伝子が新しい組み合わせによって有利にはたらくことがあるかもしれない、その混合の成果が遺伝子の提供者を遡及的に高めてくれるかもしれない、という希望だった。とくに一方の遺伝子提供者がとんずらしている場合には。

生徒たちが集中しているのが匂いでわかった。汗、分泌物。一度忘れてしまったものを呼び起こそうと必死になっている。記憶はあてにならない。記憶は人を惑わせる。脳のなかは盲点だらけだ。虚無恐怖（ホラー・ヴァキュイ）。自然は虚無に耐えられない。

まるで見当もつかないという顔。すっかり途方に暮れている。「劣性の身体的特徴四つと、優性の遺伝病四つをあげなさい」すべて習ったことだ。じつに簡単だ。いくらでもある。指だけをとっても、多指症、短指症、蜘蛛指症（くもゆびしょう）。次の設問には、多指症の一家の家系図まで描いてある。その隣に一枚の白黒写真。一人の父親と三人の子が、手の甲をこちらに向けて、吸血鬼のような指を突き出している。その目はまっすぐにカメラを見つめている。古い生物学の本からとった写真だ。一九三〇年代。ちょっと恐怖の陳列室的なところがある。歳の市の小屋掛けの見世物。奇妙な物の寄せ集め。自分の体液のなかに浮かぶ、縮んでしわだらけの生き物。白子（アルビノ）、毛深い人間、毛むくじゃら少女、髭女（ひげおんな）、下半身のない女性。彼女が子どもの頃、同じ通りに住んでいた少年。せむしのレシュケ。母親と二人きりで、くたびれた木骨（もっこつ）造りの家に暮らしていた。みすぼらしい服を着た、背中に瘤（こぶ）のある小男。袖が擦り切れた、ワインレッドのシルクのシャツ。背中の瘤のところがぴんと張っていた。彼はサルのように足を引きずって歩いた。首がなく前かがみで、肩をすくめた恰好。あるいは瘤のせいかもしれない。異様に大きな手に買い物用ネットを持ち、敷石の上をずるずると引きずっていく。彼の年齢は不詳だった。どうにでも見えた。巨大な子ども。もしくは少年の顔をした老人。何が正常かは、そこから逸脱したものを見てはじめてわかる。何が健常かを見きわめるために、奇形が必要なのだ。怪物（モンスター）の語源は「示す（モンストラーレ）」だ。具体的に示すことが重要なのだ。

　ところが、いまの生物学の教科書が示しているものといったら。抽象的な写真。ぴかぴかに磨かれた二重らせんの模型。走査型電子顕微鏡。まるでソーセージのような形の、二十三組の染色体の白黒の集合写真。あらゆる生物は、この染色体から成り立っている。しわのあるエンドウマメ。薄い眼鏡と太い鎖をかけた修道士メンデル。ばかな羊、ドリー。青い燕尾服を着て、一卵性であることをアピールする双子の老人。自然によるクローン。同じ遺伝情報をもつ子どもは研究には有用か

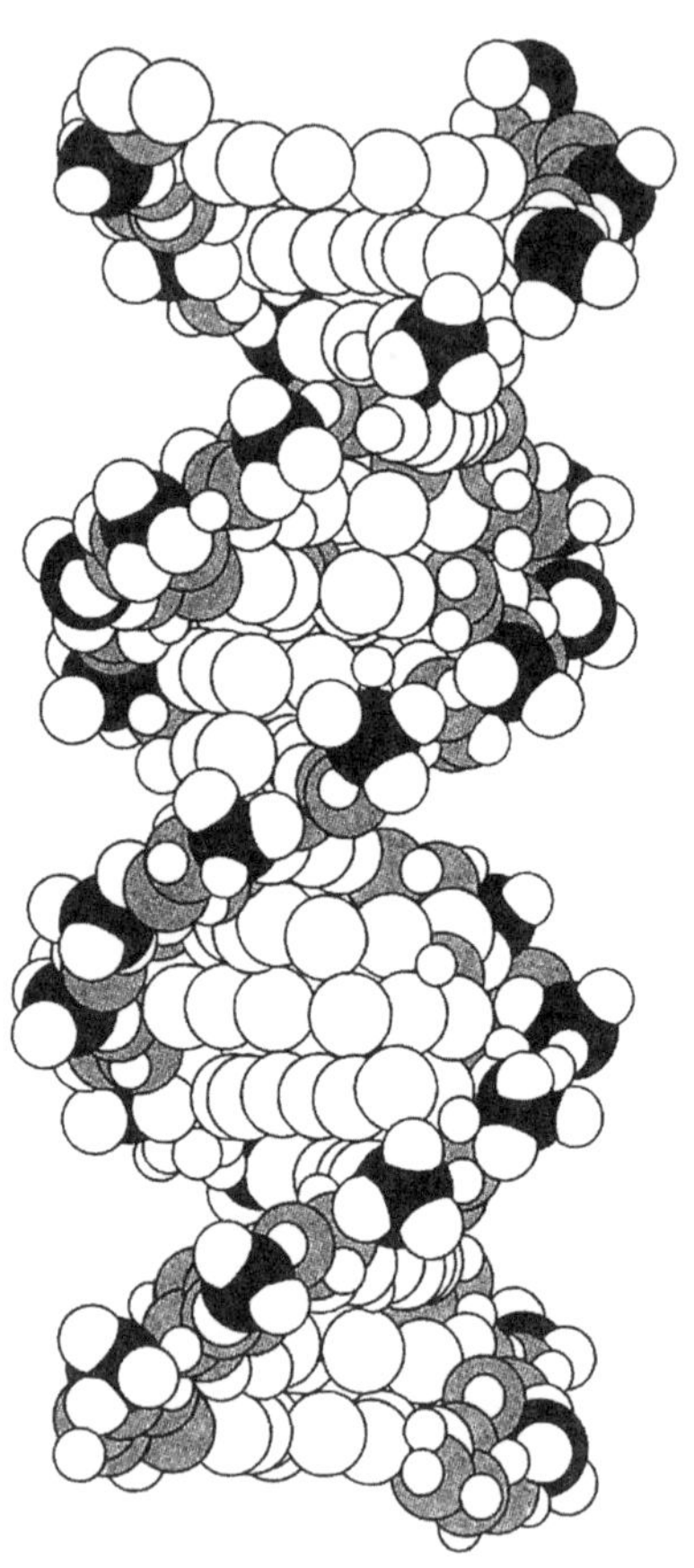

もしれないが、彼女はほしいと思わなかった。遺伝的に同じ中身の子どもを二人養うなんて。とはいえ彼女のお腹があまりに大きかったので、産科医ははじめ双子を予想したくらいだった。だが、もし双子の姉妹がいたとしたら、クラウディアはここにとどまったかもしれない。それからもちろんショウジョウバエ。すべての遺伝学者の紋章動物。けっして絶滅しないだろう。繁殖も飼育も簡単。カビの生えた果物なら、いつでも家にある。モデル生物。ドロソフィラ・メラノガスター。二週間ごとに世代交代し、膨大な数の子孫を残す。染色体は四対しかない。しかも遺伝的特徴が見わけやすい。麻酔をかければ、虫眼鏡で観察できる。大学時代のある日、ゼミの学生それぞれの机に、脱脂綿で栓をした三角フラスコが置いてあった。なかにはさまざまな変異型の無数のショウジョウバエ。研究者が何年も待つような変異もあれば、レントゲン照射で後押しされた変異もあった。地球外生命体の目。赤眼や白眼。チェス盤のような模様。翅（はね）が退化しているもの。短い剛毛。彼女たちはショウジョウバエに麻酔をかけて、白い紙の上に特徴ごとに分けていかねばならなかった。エーテルが多すぎれば、ショウジョウバエは即死してしまう。少なすぎれば、ハエはすぐに目を覚まして飛んで行ってしまう。その損失は大きく、彼女の実験結果は散々だった。死んだり逃亡したりしたものばかり。その点、エンドウマメを使ったメンデルは容易だったろう。自然は実験のなかで語る。だが、どんな実験もそれぞれ別の運命を歩むものだ。

　遺伝病に関する章には、写真が一枚しかなかった。にんまりと微笑（ほほえ）む蒙古症（もうこしょう）の子どもの写真。手には一羽の蝶がとまっている。モンシロチョウのようだ。よりによって。いったいどういうことだろう。害虫とできそこないの子。昔はトリソミーによる知的障害とも言った。だがいまはそう言っ

てはいけないことになっている。いまや言ってはいけない言葉だらけだ。黒人、フィジー、ジプシー、小人、片端、特殊学校生。そうすることでだれかが助かるとでも。そもそも言葉は、何を指しているか明らかにするためにあるのに。無脊椎動物のことはやはり無脊椎と呼ぶではないか。言ってはいけないことというのはつねにあるものだ。ソ連邦が多民族国家であること。ところがそうではなくて、皆がソ連人なのだとされた。近頃は人種すら存在しないことになってきた。人種の存在を否定する者は盲だ。黒人がエスキモーと異なる外見をしていることは一目瞭然だ。牛に品種があるなら、人間にだって種類がある。メンデルの法則ですら、今日は単にメンデルの「規則」と呼ばれるようになった。何でも単なる症候群になり、それに発見者の名前が付けられた。まるで島と同じだ。病気の身体に旗を突き立てるようなものだ。診断名を付けることによって不死になる。ダウン、マルファン、ターナー、ハンチントン。それがどんなひどい病気なのか、まるで見当がつかなくなった。知的障害、矮小発育症、偏平足、不妊。遺伝性舞踏病。早世。四十年で終わる人生。そう言うと他の人は違うかのように聞こえるが、じつは皆にあてはまる。少なくとも女性は皆。人生の三分の一は役に立たない。生殖可能年齢以後も生き続ける。これもまた人間にだけ見られることだ。遺伝子は私たちの身体のなかで冬ごもりに入り、時機が来るのを待つ。いつかの出番を。歩く欠陥。遺伝学はドラマチックだ。

劣性遺伝はもっとも刺激的だ。因子を持っていても、発現しない。いや、発現するかもしれない。いつかは。まるで推理小説のよう。開いた傷口。固まらない血。昔は生徒たちに、ヨーロッパの王家の系図を書き写させたものだ。女王ヴィクトリアから下って、ほぼ現代まで。大きく枝分かれした線。性染色体による遺伝を教えるには最適な例だ。生徒たちに注目させるために、黒板を開いて広げて見せた。最初の保因者、ヴィクトリアの娘たちと孫娘たち。いずれも健康だった。彼女たちが嫁ぎ先へ持ちこんだ大きな贈り物。罪を背負った母親たち、夭折する息子たち。赤のチョークで印を付ける。男児の半数が犠牲になる。どうということのない転倒。ちょっとした車の事故。かすり傷。内出血。ロシア帝国最後の皇太子。絹の細糸でつながれた生命。たとえ革命が起こらなかったとしても。

黒板に書いた家系図の噂が広まり、彼女は校長のハーゲドルンに呼び出された。階級の敵のスパイ呼ばわりだ。反革命、報復主義の手先だと。想像してみるがいい！　公の場でポンメルンの旗を振ったとでもいうように。なるほど、健康な遺伝子を持っているのは共産主義者だけ、というわけだ。だが、ハーゲドルンは彼女に何も手出しできなかった。貴族が意図的な近親結婚を繰り返したことによって、自ら絶滅したという生物学的証拠を、彼女は彼らに示したのだ。当時彼女は、いまだに王が支配する国があることを知らなかった。おとぎ話の世界の人々。チェコスロヴァキアの子ども映画の登場人物。だが、家系が徐々に滅亡していったのは事実だった。競走馬の繁殖はできても、王位継承者はできなかった。遺伝子の画一性。彼らは血のことばかり気にして、遺伝形質に注意を払わなかった。せむしのレシュケも、あるカトリックの村の出身だという噂だった。その村では戦前まで、つねに村人同士で結婚したという。近交弱勢は、つねにまず口元に現れる。ハプスブルク家の場合は、完全に突き出た下顎。ダチョウの場合はギザギザのくちばし。この国で飼育されているダチョウが少なすぎるのだ。何に当たるかわからない。系統不明の個体同士で交配するしかなかった。目隠し鬼のようなものだ。それは育種とは呼べなかった。育種が可能なのは、どの卵細胞がどの親に由来するかが明らかな場合だけだ。少なくともダチョウの雄たちはまだ、自分で交尾することを許されていた。ヴォルフガングがそばに付き添ってはいるが。自然交配。どの雄にも二羽の雌がいた。本妻と側妻。つねにトリオなのだ。ダチョウは三羽組で生活する。雄は夜の間卵を温め、雌は昼間温める。なんと単純なのだろう。

彼女の目の前に、蜘蛛指の一家の家系図があった。男性と女性。丸と四角、そこからまた新しい丸と四角が生まれる。細い線が枝分かれしていく。生まれた子だけが数に入る。

ヴォルフガングにも、二羽の雌がいた。繁殖に二重に成功したわけだ。二人の女、三人の子。二つの丸にはさまれた四角。イローナと彼女。それでいて彼女は、その女性とは何の関係もない。だが、だれと親戚になるかなんて、自分で選べるものではない。遠い親戚、近い親戚。自分の子どもですら選べないのだから。できるのは、臨月まで宿しておくことだけ。血のつながりは何の義務も負わせない。遺伝子が何らかの配慮をしてくれるとは思えない。遺伝子の利己主義すら、あてにはならない。孫は期待できそうもなかった。虚無への飛翔。袋小路。発展の行き止まり。クラウディアはもう三十五歳だった。だが、ダチョウも自分のヒナに会うことは二度とない。動物の世界では、日曜日ごとに子どものところへお茶に寄ったりしない。感謝など期待すべくもないし、返品の権利もない。そばに寄り添うこともない。理解もない。類似性すらない。細胞の減数分裂の際の染色体分割は偶然起こる。何が来るかは知り得ない。大部分の子は親に似ていない。一つか二つの特徴をのぞいては。あとは違うところばかり。目の色は多因子遺伝。髪の色となると、さらに複雑だ。ど

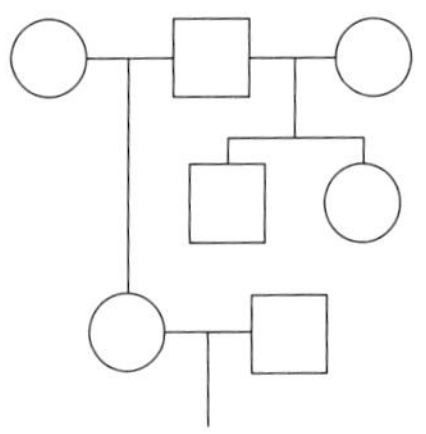

れも予測できない。せいぜい後から苦労してつながりをたどるだけだ。クラウディアはまるで犬の毛のような、言うことをきかない褐色の髪をヴォルフガングから、薄い緑色の目をヴォルフガングの母親から受け継いだ。彼女自身はどうやらこの子のなかで競争に勝ち抜けなかったようだ。わたし、きれい？　クラウディアが彼女にたずねたことがある。なんと答えればいいと。そうね、あなたはたのしい顔してる。幅の広い顔、濃いそばかす、軽度の過蓋咬合。たのしい顔は感じがいいではないか。しわくちゃのかたまり、後産みたいに不細工。だれが言ったのだったか。彼女の母親だ。あの女性が自分を産んだというのが、彼女にはいまだに謎だった。確かな証拠があるわけではないのだし。いやそれとも、彼女がクラウディアにそう言ったのだったか。ときどき、クラウディアが自分の娘ではないように思えることがあった。自分で出産したのにだ。三十六時間の陣痛の末に。まる一日半だ。二十時間経過した頃には、本当に子どもが生まれるのだとは信じられなくなっていた。何もかも思い込みだったにちがいないと確信した。大きな勘違いだったのだと。膨れあがったお腹があるだけで、なかは空っぽ。もしかすると潰瘍かもしれない。が、子どもではない。きっと男の子だ、と皆が言った。あまりに巨大なお腹だったからだ。予定日を二週間過ぎていた。ようやく分娩室に入る前に、看護婦が洗面所で赤いゴムホースを彼女の肛門に挿しこんだ。仕切りのむこうの二つの便器。白黒のタイルの床、肉屋のような。冷たい水が脚の間を伝う。お湯はなかった。停電ということだった。いきんで、と看護婦が怒鳴り、ポットをさらに少し高く掲げた。何度も何度も、いきんで！　とにかくぜんぶ厄介払いしたかった。水も、糞便も、子どもも。自分の身体を早く取り戻したかった。三センチ、とだれかが言った。まだかかりそう。陣痛促進剤投与。さあ今度こそ、いよいよと思ったときには、だれもいなくなっていた。看護婦も、医師もいない。皆、二つ向こうのベッドの女性にかかりきりになっていた。分娩の最中に癲癇の発作を起こしたのだ。まわりから完全に人が撤退していた。彼女は一人ぼっちで横たわっていた。癲癇を起こした女性は、自分の子を受け取ろうともしなかった。

なんて真剣な表情だろう。エリカ。集中している。自分の答案をもう一度見直しているのだ。せわしなく行間に目を走らせ、口を真一文字に結んでいる。口を開いていてすら、エリカは美しかった。蛍光管がまたちらついた。そして消えた。エレンはほとんど陰に沈んだ。もういい。どっちみち時間だ。

「そろそろ終わりです。カウントダウンを始めます」ラストスパート。でないと余計に悪くなる。「あと十秒」いつものことだ。最後の最後に何かばかなことを書きなぐる。ついそうせずにいられないのだ。とにかく何か書いておくために。

「鉛筆を置いて、手を離しなさい」

ふたたびうめき声が上がるが、皆言われた通りにした。まるで何事か成し遂げたかのように疲れ切った様子だ。それでもとりあえず従順だった。新しい事実に向かわせるには、もってこいの状態だ。彼女は長い筒をスタンドの上に引っぱり上げた。黒い持ち手が図を支える。ビニールコーティングした布製の洗える図版は、少しひび割れてはいたものの、非常に分かりやすく美しかった。古典遺伝学のメンデルの法則を、これほど簡潔で印象的に示した図は他にない。二頭の純粋種の牛同士の交配を表した図だ。優性遺伝と劣性遺伝。さまざまな毛色と模様。いちばん上で、黒白まだら

の雄牛が赤褐色の雌牛と交配する。そこから生まれるのは黒い子牛たちだ。だがその次の世代で、驚くべきことが起こる。これらの形質が規則にしたがって分裂するのだ。四かける四で、十六通りの可能性がある。じつにさまざまな交雑種。

「形質が消えたり、また現れたりする仕組みは、一定の法則に基づいており、予測が可能です。以下、ノートに書くように。一つ以上の形質を異にする、同型（ホモ）遺伝子接合体の二個体が交配するとき、第二娘（じょう）世代において、さまざまな遺伝因子の真に新しい組み合わせが生じる。それは長期にわたり受け継がれる」すべては第二娘世代に明らかになるのだ。親の表現型への回帰。祖父母への回帰。クラウディアの子どもは、クラウディア自身よりも祖母、すなわち彼女に似るだろう。三和音。一つ屋根の下の三世代。昔はそれが普通だった。彼女の孫は、彼女の青い目を受け継ぐかもしれない。明るい、色素のない目。あの男が何色の目をしているかすら、彼女は知らなかった。写真では何もわからない。顔は笑いのために歪んでいた。どこかの男。違う言葉を話す。知らない男。あの子は帰ってこないだろう。クラウディアは畑をやらないだろう。この干拓地ではやらないし、ザウアーラントでも、ベルンブルクの息子が引っ越したベルリン周辺でもやっぱりやらないだろう。待っても無駄だ。何も報われない。とんだ見込み違いだった。だが、もしもやっぱり子どもが生まれたら。何しろクラウディアは結婚しているのだ。別の大陸にいる孫。飛行機で十二時間も離れている。孫は彼女の言うことを理解できないかもしれない。彼女もほんの二言、三言しかわからない。熱いジャガイモを頬ばってるみたい、何を言ってるかよくわからない。ミッキーマウス英語。クラウディアはいつもそう言って笑っていた。どこかへ逃げ出したいという衝動を、クラウディアはヴォルフガングから受け継いだ。話がややこしくなると、いつだって彼は部屋を出て行った。当時もそうして去ったのだ。イローナと子どもたちを残して。彼女のために。いまではほとんど信じられなかったが。

「ローマルク先生」

「何ですか、パウル」

「どうして娘世代っていうんですか」

「他にどう呼んだらいいと思いますか」

「それはその」彼は自分のフードを手でいじった。「たとえば、息子世代とか？」これは時間がかかりそうだ。彼女は立ち上がって、教卓に寄りかかった。

「生殖における男性の貢献は、最終的にごくわずかなものです。何百万個の精細胞など、月に一度しか成熟しない大きな卵細胞一個にくらべれば何でしょう」高い足場の上の狩猟小屋であわただしく行われた性行為など、九ヶ月半の妊娠にくらべて何だというのか。

「すべての男性は女性から生まれます。息子細胞も息子世代も存在しません。生殖とは女性的なものです」

女子がくすくす笑った。そういう話ならもっと聞きたそうだった。

「たとえば、男性にも乳首があるのはなぜでしょう。授乳する必要がないのに」

途方に暮れている。

「性感帯とか？」ケヴィンだ、もちろん。

「胚発生は基本的に、まず女性形を作り上げるからです。たとえ受精の瞬間から、その胚が将来どちらの性になるか決まっていてもです。Y染色体は、女性になるのを抑制するためだけに存在します。男性とは、女性でない者のことなのです」

いっせいに全員が注目した。いま、この瞬間、彼らは初めて事実を理解したのだった。計画成功。何週間も前から撒いてきた餌に、彼らはようやく食らいついた。ダチョウは貧相な頭に袋をかぶせてやると大人しくなり、何でも思い通りにできる。私には見えるよ、おまえの見えないものが。あとは落ち着きはらって輪を締めるだけ。

「ほとんどの遺伝病はX染色体上にあります。ゆえに男性はその影響を相殺できません。そのため男性のほうが発症しやすく、より早く死にます」ほとんど気の毒なほど。何かしら埋め合わせが必要だった。だから、いろいろな物を考え出さねばならなかったのだろう。発明や戦争。秘密情報機関による監視。校庭での演説。通りの名前の変更。ダチョウの飼育。

外の栗の木にカラスの群れがとまっていた。いい場所の取り合いをしている。だが、木を離れる者はいない。カラスは利口だ。友だちと敵を区別できる。飛行能力を保つために、脳の重量を絞らざるを得なかったにもかかわらずだ。カラスは仲間の目をつつくような真似はしない。ダチョウの脳は小さいのに、それでも飛べない。クラウディアがいなくても、ヴォルフガングは寂しがらなかった。子どもたちのことを何も知らないのに慣れっこだったのだ。当時、彼の上の子たちは、父親とコンタクトを取りたくないと言って書類にサインした。もし道で会ったとしても、彼は自分の子どもに気づきもしないだろう。気づいてもどうしようもない。お互いに話すことがあるわけでもない。彼の兄のところも似たり寄ったりだった。最初の結婚でできた息子。うり二つの顔。それに仕草や姿勢。少し前かがみで、鼻をこする。男は違う生き物なのだ。子どものことなど気にもとめない。仕事と趣味がある。コンピューター、車、スカイダイビング、カードゲーム、ダチョウ。彼女の父親はいつも森へ行っていた。狩猟をするのだ。だが、母親のほうは採集者役を演じる気などない。二人の仲が長いことうまく行くはずもなかった。無知な女。冷淡で。若い頃は魅力的なところもあったのかもしれない。だが、後には美人とはとても言えなかった。せいぜい洗練されているというところ。入院中も身だしなみを整えていたっけ。蠟のような光沢。氷の女王。ボヘミアンガラスのような目。人工的で、透明で、底が知れない。幸いなことにもう亡くなっていた。

「牛の原種は、何という名前でしたか」

一つだけ手が挙がる。「どうぞ、エレン」

「オーロックスです」

「よろしい」生徒たちの関心がすうっと引いていく。

「では、オーロックスは現在どこに生息しているでしょう」

皆が自信のなさそうな顔になる。

「バイエルン州です」ケヴィンだ。それが愉快だと思っているらしい。

「オーロックスは絶滅しました。死んでもう土のなかです。永遠に……ステラーカイギュウより前にね。覚えておくように」血圧。座らずにいられなかった。

「牛はもっとも古い、もっとも役に立つ家畜です。牛は肉、労働力、そして牛乳を提供します。そう、約一万年前の牛の家畜化とともに、文明は始まったのです。つまり文明人は、家畜化された牛のお乳にずっとぶら下がってきたわけです」よし、これはいい絵になる。彼女なら哲学の授業もできそうだった。教卓がチョークの粉だらけになっている。仕方ない。手を洗えば済むことだ。

「育種というのはそれ自体一つの学問です。一種の教育、より良い物へ育て上げていくことです。選ばれた形質が強調され、悪い形質は抑えられる。生産性が高く、飼育しやすい個体を選び出し、それを交配する。たとえば、牛乳に含まれる脂肪分を増やすために、以前このあたりで一般的だった黒斑乳牛に、デンマーク産のジャージー牛の種雄牛（たねおうし）をかけ合わせました。そして生まれてきた子を今度はホルスタイン牛と交配し、乳量を増やす。目標は、牛の新たな品種を育てることです」社会主義的な牛ができるまで。長命性、繁殖性、強健。一石三鳥。はちきれそうな乳房、強い筋肉。乳量を重点に二、三年肥育する。できあがったのは乳肉兼用種。夢の万能品種というわけだ。

「文化（カルチャー）という言葉は、『耕す』から来ています。牧畜と農耕です。ノートに書いてよろしい。ですから、家畜は文化財なのです。生きた記念碑です。いずれかの種が滅びれば、その種は永遠に失われます。建物のようにはいきません。建物は設計図が見つかれば再建できますから」彼女は共和国宮殿へ行くのを、いつも楽しみにしていた。とても明るい照明があって、大きく堂々として、じつに豪華だった。白い大理石。ブロンズガラスの窓。そして三階のあのレストラン。四人掛けのテーブルと、布張りの木の椅子。ウェイターは全員同じ服を着ていた。ちゃんとした制服。いつかはあの宮殿も再建されることだろう。だが、彼女の子ども時代の牛、黒斑乳牛はもうじきいなくなるだろう。発見された少しばかりの冷凍精液。遺伝子の備蓄は使い果たされた。交配の限界だった。

「乳肉兼用種は絶えました。今日牧草地にいるのは、ホルスタイン牛だけになってしまった。ホルスタインは純粋な乳牛です。じつに高性能の牛です」どこもかしこも分業だ。牛まで専門化している。

しかし、生徒たちは早くもまた興味を失っていた。いろいろ考えを巡らせることができないのだ。一つのことを考えることすら。

いつものように手が挙がる。

「どうぞ、アニカ」

「雌牛たちはいまはもう、本当には交配しないんですよね」その口調でわかった。質問の形をとっているが、アニカは知っているのだ。答えを知っていて、点を稼ごうとしているだけだ。

「アニカ、雌牛同士はどっちみち交配できませんよ」雌牛同士はせいぜい互いに上に乗って、発情期に入ったことを雄牛にアピールするくらいだ。

「では、いまの質問をもう一度言い直すとどうなりますか、アニカ」

アニカは顔をしかめた。開いた口。ばつが悪そうだ。「ええとつまり……牛って言いたかったんです。牛は本当には交配しないんじゃないですか」

「ええ、しません」

どうやらまた面白くなってきた。

「自然交配はいまではほとんど行われなくなりました。種雄牛をあちこち運ぶのは費用がかかりすぎるからです。雌牛は授精師によって、冷凍精液を使って授精されます」

「牛ファッカーか」いちばん後ろの列から、細い声がした。フェルディナントだ。今度はこの子まで。机の間をゆっくりぬって、まっすぐに彼のところへ行く。

「違います……リュックに入った種雄牛というべきです」彼はどうすることもできないのだ。生殖腺が機能するようになるやいなや、それを使いたいという衝動が生まれる。その衝動のままに行動できない場合、言葉による道を探すわけだ。

通路を通って、黒板に戻る。

「右手を雌牛の肛門に差し込んで子宮口を探りながら、左手で精液の注射器を膣内に入れ、注意深く子宮内に注入します」彼女は手でいくつかの動作を真似てみせた。授精は手仕事だ。そして出産は労働だ。

女子が思いきり顔をしかめた。男子は信じられないという表情。

これこそ本物の説明だ。前戯だの身体的合一だのといった戯言（ざれごと）ではなく。愛撫、勃起（ぼっき）、射精。生殖器の構造と機能、性感帯。衛生、病気、避妊。性的なことは人間の行動の一つであり、思春期は人間の成長の一過程だ。ベッドは共同体（ゲマインシャフト）の最小の細胞だ。

「精液を得るために、種雄牛は週三回採取室へ連れて行かれます。長い棒の先に鼻環を通してね」

ケヴィンは表情を変えなかった。大したものだ。じつに立派だ。鼻の穴をふくらませもしない。

「採取室では、交尾のパートナーがスタンバイしています。大人しい牛です。その牛の上に種雄牛が何度か乗ります。雌牛ではなく、雄牛に乗るのです」雌牛には危険すぎる。腰骨を骨折しかねない。台牛（だいうし）なら何ともない。種雄牛は遠目に尻のように見える物なら、どっちみち何にでものしかかる。高さを調節できる、雌牛を模した車輪付きの台にでも。

「二、三度乗駕を繰り返すだけで、十分に興奮して、陰茎が出ます。採精者がそれを人工膣筒のなかへ誘導します」あらかじめ温めてあるゴム皮、ちょうどいい温度、最適な圧力、すぐの射精。それが優良な種雄牛であり、優良な稼ぎ手だ。質の高い父牛は少数しかいない。他は屠殺場へ送られる。

「精液は百倍に希釈され、凍結されて世界中に届けられます。一回の射精で百回分以上の授精ができる。信号刺激の連鎖を有効に搾取するわけです」アーチの形をした物に対する反応。乗駕の際に、種雄牛の頭と胸骨が台牛の背中に触れることによる触覚刺激。交尾反射の頂点だ。「感情は必要ありません。すべて自動的に起こることです」

呆然とした目つき。そう、コントロールできないことはたくさんあった。一見本物の感情のように見えるものが、じつは信号刺激に他ならなかったりする。しゃっくりや、あくびをすると喉の奥から湧いてくる液体や、スイッチが入ったり入らなかったりする、いろいろな分泌腺。機能する機械。ホルモンの変動。化学反応。種の保存。出産の過程。ホルモンによって制御された母子の分離にすぎない。

「牛ってホモなのか」パウルだ。にやにや笑いを通り越している。

「おまえ、自分がホモなんだろ」もちろんケヴィンだ。

新しい教育要領ではじっさい、同性愛は性行動の一変種だと謳われている。性生活に変種が必要だとでも！

「人間の生殖では、遺伝情報を次の世代に伝えるには一つの方法しかありません。ゾウリムシを思い出してください。どうでしたか。ゾウリムシはどちらでも可能です。細胞分裂による無性生殖と、有性生殖。有性生殖では二つの個体が接合し、性繊毛を介して小核を交換し合います。ゾウリムシがセックスを発明したと言ってもいいかもしれません。でも、何のために？　遺伝物質を若返らせ、ミスを修正するためです。組み合わせを変えるわけです。遺伝子の多様性です。それが決定的な利点です。単為生殖と自家受精ができるのは低次生物だけです。ある程度複雑な有機体は、有性生殖をします」

本当はもう照明を消してもよかった。十分明るくなっていた。

「有機体のもっとも重要な課題は、できるだけ多くの子孫を生き残らせることです。大事なのはつねに、遺伝因子を伝えることとです」細胞から細胞へ、世代から世代へ。核酸による情報伝達、どんな犠牲を払ってでも存続を確保しようとする巨大分子、未来の世界へ、取るべき行動を伝える電報。生命は生きることを望んでいる。自殺者でさえ、最後の瞬間に自分の行動を後悔する。

どの種も自分と同じものを生むということは、そもそも驚嘆に値した。牛からは牛が生まれ、小麦からは小麦がまたできる。幼虫に似た胎児から、ダチョウでもカタツムリでも人間でも、ちゃんと親に似た生物ができあがる。種とは、ある種族の共同体だ。生殖衝動は強力だ。トラとライオンですら、もし檻に閉じ込められればその衝動に屈し、繁殖能力をもたない雑種を生み出す。

「そして男女の解剖学的差異から導かれる必然的行動は、たった一つです。鍵は錠に差し込むべし」後腸はとにかく生殖器ではない。同性愛者の病気。あらゆるウイルスのなかでもっとも賢い。

天才的戦術だ。よりによって身体を感染から守る免疫系を攻撃するとは。まるでスリラーだ。ベッドのなかの敵。ひたすら筋が通っている。セクシュアリティとともに、死もまた生まれた。避妊具をホウキの柄に被せるやり方を、彼女は授業のために覚えなくてはならなかった。ゴムを木に被せる。練習の甲斐あって、精確な技を披露できるようになった。彼女自身はそういう物を一度も使ったことがない。必要なかったからだ。昔はピルを服用していた。そのうちにそれも不要になった。地下水を汚染し、男性をソフトにする大量のホルモン剤。

「では、教科書を開いて。百二十九ページ、十二番。トム、読んでください」

アニカがふくれ面をした。先頭馬が気分を害したらしい。

「分類してみよう。以下に挙げる、けい、しつ、形質の、変化のうち……」

ずいぶんたどたどしい。

「……どれが、変異で」

難しい言葉だ。

「……どれが、適応を、指すか……」

読解力の問題だ。

「……また、きみがそのように、分類した、理由を、説明しよう」

ついでに、教科書がなれなれしい言葉遣いをする理由もどうぞ。

「ありがとう。では、ここからは各自、解答をノートに書いて」

そばかす、動物の冬毛、ボディビルダーの筋肉、巻き毛モルモット。変異か適応か。遺伝子のプログラムか環境の影響か。内か外か。

　うっとりした声が上がる。

「うわぁ、モルモットちゃん」心の底から湧き出た声だった。このくだらない齧歯類のところに来ると、必ずだれかしら黄色い声を出す。今回はラウラだった。

　異様にたくさんあるつむじ。あちこち突き出た毛の束。無意味な品種改良。突然変異体。地球上のどの生態系にも、彼らの場所は確保されていない。クラウディアは十二歳の誕生日に、こういうモルモットを一匹もらった。ある友だちからのプレゼント。いい友だち。脅迫のようなものだ。フレディ。雄だと聞いていた。だがフレディはどんどん太って、とうとう子どもを二匹産んだ。すべての哺乳類が人間のように簡単に男女を見わけられるわけではない。だが、そもそも前からも後ろからもまったく同じように見える動物に、何を期待できよう。幸い子どもは雌だった。この獣は三週間で成熟し、近親交配の禁忌も知らない。フレディはベージュ色で、こげ茶色のまだら模様があった。標準的な毛色だ。フレディの子たちは、過度な品種改良の特徴がさらに強まっていた。薄いブロンドの毛房。後ろ半身は長く伸びた濃いブロンドの毛束を裳裾のように引きずり、それに小さな糞のかたまりが絡まった。あの悪臭。子ども部屋に臭いが充満していた。幸いほどなくしてフレディは脳腫瘍で死んだ。死骸は団地の裏手のガレージのそばに埋めた。二匹の子どもはだれかにあげてしまった。

　子どもとペット。絶対にろくなことにならない。子どもに動物をプレゼントするのは、とくに卑劣な形の動物虐待だ。社会的能力の育成だなんて、とんでもない。そこにあるのはただ、生きるか死ぬかだ。動物は子どもに生殺与奪を握られる。そして子どもは純真無垢ではない。そうあってほしいとどんなに願っても。子どもはありのまま正直で、ありのまま残酷だ。自然と同じ。遅かれ早かれ、ペットは死ぬ。たいていは早く。逃げたセキセイインコ。子どもの手で握りつぶされたハムスター。死後硬直した毛皮。それを見たときの大きな叫び声。おもちゃは遊びつくされた。それは弔いの光景ではなかった。敷物の上で死んでいる観賞魚。引きちぎられたハエの脚。四つ裂きにされたカエル。そういうことは新聞には載らない。だが、赤ん坊を食うロットワイラー犬はニュースになる。本当はごく自然なことなのに。狩猟本能。自然、本能のうちで残っているものは何だろう。紐を引っぱること。夜中に耳障りな声で吠えること。

　子どもの頃、休暇になるとよく祖父母のところへ遊びに行った。畑と小さな森があった。土地改革の恩恵だ。庭で白い帝国ニワトリが餌をついばんでいた。板張りの鶏小屋のなかでは、決まった序列通りに止まり木にとまった。家畜小屋には牛一頭、豚が二、三頭いた。藁のなかに死んだように横たわる豚。赤色光の下で、子豚たちが押し合いながら乳首に吸いついている。太った母豚が子豚を押しつぶす危険と、つねに隣り合わせだ。どこもかしこも動物と子どもがいた。近所の子ども、娘や息子の子ども。子どもと干草。干草くらいありふれたものだった子ども。家畜小屋の匂い。棲処の温かさ。子どもたちは鶏の卵を藁のなかから盗み、豚のために用意してあったジャガイモを蒸し器から直接ほおばった。子牛の口に手のひらを突っ込む。吸啜反射。七面鳥の雄の不気味さ。あの卑猥な感じの鶏冠、肉芽。まるで性器を頭の上にのっけて歩いているようだった。ほとんどいつも大きなお腹をしていた二匹の猫。生まれた子猫は、祖父が雨水桶に沈めて殺した。袋のなかに石を一緒に詰めて。事後の堕胎。まだ目も開いていなかった。

「このなかでペットを飼っている人は?」いまがチャンスだ。動物は相変わらず興味を引いた。性的成熟後も。ただし、毛皮と乳首のある動物でなければならなかったが。

八人が手を挙げる。

カタツムリのことはとりあえず聞かなくていい。犬や猫だ。すぐにわかる。人間は最大の敵を手なずけた。オオカミを卑屈な獣へと貶(おとし)めたのだ。森のなかから手籠(てかご)のなかへ。威厳なき従者。そしてよだれを垂らす忠実な獣では物足りなくなると、今度は猫まで家に招き入れた。だが、そもそもそれを家畜化と呼べるのかどうか。その獣が、床に置いた餌鉢から餌を食べるというだけで。喉をゴロゴロいわせるのは偽装工作だ。ソファのクッションの上でだけ、挑発のポーズを見せる。猫のペニスに逆鉤(さかさかぎ)が付いているのも不思議はない。

しつこく指を鳴らす音。そうか、なるほど。では、この話題はやはり適当なところで切り上げよう。今日はペットの話はなし。

「そうですか、ありがとう」

「で、あなたはどうですか、エリカ?」エリカは手を挙げなかった。今日の授業でまだ一度も発言していない。

「うちのペットは死にました。夏休みに」淡々とした口調。だがそのまなざし、悲しそうな目。いたたまれない様子だった。

「そうでしたか」

そんなつもりではなかった。

エリカは目をそらし、肩をすくめた。傷ついた獣。無性生殖には一つの利点があった。死体が残らないことだ。ゾウリムシは潜在的に不死身だ。子どもの頃一度だけ、子猫を選ばせてもらえたことがあった。赤いまだら模様のある黒い子猫。いちばん綺麗な子だったが、いちばん強くはなかった。一週間後、子猫は死んだ。

話題を変えよう。

「忘れないように。遺伝因子と環境の影響の両方があります。遺伝子型は変えられませんが、表現型は生活条件によって非常に大きく変わる可能性があります。生命体がどのような外見になるか、それを決定するのは遺伝子型だけではないのです。ＤＮＡは前提条件をあたえるだけです」同じ遺伝子をもつエンドウマメも、土壌の性質によって生育の良し悪しが違ってくる。

手が挙がる。

「はい、どうぞ、タベア」

「まるで星占いみたいですね。そこからどうするかは本人次第っていう」なんと、星の銀貨のおとぎ話だ。頭が悪いだけでなく、それを口に出すなんて。本当におめでたい。

くるりと向きを変え、窓のほうを見る。カラスはいなくなっていた。

「頭のなかで考えたことぜんぶに、言葉にする価値があるわけではありません」

そしてまた向き直る。

「タベア、このままギムナジウムにいたいなら、今後はもっと本質的なことで授業に貢献できるかどうか、よく考えることです」

　真正面から顔を見すえて言う。

「口を開く前にね」

　とりあえず口は封じられた。

「では皆さん、自分の血液型を調べてくるように。ご両親の血液型も。Ｒｈ因子も含めて」

　休み時間のチャイムが鳴る。

「全員です。次の授業までに」

　さあ、まただれか父親をなくす子がいるかどうか。彼女は安全な側にいた。すべてカリキュラム通り。しかも、産科病棟で取り違えられた赤ん坊の例題よりも実生活に近い。つねに現実的な授業が求められていたではないか。ここで親子の関係を、ある意味強制的に整理するわけだ。人は真実を要求することができる。子どもであっても。子どもだからこそ。できるだけ早い時期に。以前、ベルンブルクがローマルクにはっきり言った。彼女の可愛い息子は夫の子ではないと。他人の巣に卵。九ヶ月間、つねに胎児と行動を共にすることは大きな安心感につながる。力もあたえてくれる。生殖だけでなく、真実を知っているという点でも女性は優位にある。ベルンブルクの息子は、じっさいは少しも可愛らしくなかった。むしろ愛(いと)しい時間の思い出ということなのだろう。二人目の子だったら問題だったかもしれない。当時ベルンブルクがそう言った。クラウディアはＲｈプラスだった。彼女はＲｈマイナス。抗体の産生。子どもは一人で十分だった。塵(ちり)も積もれば山となる。ヴォルフガングの言葉だった。ベルンブルクのような置きみやげは、彼女には必要なかった。

「解散してよろしい」

皆が一斉に教室から飛び出していった。エリカは？　いったい何を待っているのだろう。ゆっくりと教卓の前を通る。わざとそうしているように見えた。

じっと見つめる。緑色の目。

「ありがとうございました」ささやくような声。

「どういたしまして」きっとこのことはだれにも話さないだろう。


職員室にはティーレが座っていた。たった一人で。

「授業はないの？」

彼は否定するように、片手を上げてみせた。

「いや、この一時間は空きなんだ。十二年生は今日の一、二時間目は職業準備教育だから」

何をするのだろう。おおかた職業安定所の見学だ。ハルツ第Ⅳ法の失業給付の申請書の書き方でも教わっているのだろう。彼女はティーレの隣の席に答案用紙の束をばさりと置いた。いちばん上はエリカの答案だ。男子のような字。大きくて角ばっている。丸みがほとんどない。ほぼぜんぶ正解だった。この答案の採点は後回しにしよう。次の答案。ヤーコプだ。赤ペンはどこだろう。ティーレといると、頭がおかしくなりそうだ。彼は新聞を開いていたが、指で弁当箱をコツコツ叩き、ぼんやりと宙を見つめていた。

「それで、何の授業だったんだい」彼は手持ち無沙汰なのだ。無防備な獣。哀れなくらい。

「九年生の生物学よ」

「そうか」頷く。ティーレは本当に具合が悪そうだった。カトゥナーは秋休みに入る前に、ティーレから小部屋を取り上げてしまった。用途変更とか何とか称して。むしろ強制移住だった。カトゥナーはこのところやけに威張っていた。彼女には、体育の授業で負けた者の名前を黒板に書くのを禁じようとした。だが、それならだれが授業の後にマットや用具を片付けるのか。

「ぼくのほうは十一年生。そう、一時間目が十一年生の授業だったんだ。最新の歴史さ。ほとんど社会科の領域に近い。いいかい、あんなものは本物の歴史じゃない。歴史というのは、現在ときっちり切り離されていなけりゃならない。昨日起きたばかりのことじゃ……」

ヤーコプはすでに三十点中、十点失っている。まだ三問目なのに。

「で、そっちはどうだい」

近づいてきて、答案を一枚手にとる。

「ああ、遺伝か……メンデルとか、そういうのだね」何か言いたげな顔だ。「おかしなこと知ってるかい、インゲ」彼は答案を元にもどした。「ぼくは学校で遺伝をまったく習わなかったんだ。ミチューリンとルイセンコだけさ」

「えっ」園芸の神様と、裸足の教授か。植物の芽の変異と、オデッサの小麦。

ドアが開いて、マインハルトが入ってきた。頷いてみせ、音も立てずに座る。彼の身体の大きさからすると驚異的だった。ティーレは新聞を広げた。彼女は最後の答えの下に点数を書いた。最初の答案は終わった。次はトム。消費組合のパンくらい救いがたい。急げば大休憩までに採点を終えられそうだった。

ティーレがくすくす笑いはじめた。「ミチューリンは見つけた、見つけた、ジャムには脂肪が入ってるよ」

その歌なら彼女も知っていた。

「だからご飯にゃいつだって、いつだって、バケツいっぱい、ジャム食べるのさ」二人の声が重なった。これも一つの反射だ。ヤーコプ修道士の歌は、若きピオニールが歌った。夏休みのキャンプの歌。ミックスフルーツジャムは紙バケツから、ローズヒップティーは巨大なタンクから汲んだ。ソビエト連邦から学ぶとは、勝つことを学ぶことだった。それは人の心に生涯刻まれる。

「何だってあった。学校植物園にミチューリン研究会。農業専門指導者のクラブまで」

「ミチューリン？　聞いたことないな。だれなんですか」マインハルトはまるで見当がつかないようだった。

「ミチューリンは、果物の新種を何百種類も作ったの。霜に強くて、収量の多い品種をね」

しかも、そのうちいくつかは味も良かった。冬のナシ、ジムニャヤ・ミチューリナ。重さが一・五ポンドもあるリンゴ、アントノフカ。

「そう、とにかく何でも手あたり次第にかけ合わせたのさ」ティーレはすっかり興奮していた。「イチゴとラズベリー、アーモンドの木とモモの木。カボチャとメロンまで。種類の違う植物同士の恋愛結婚！　当時はそんなふうに呼んだんだ」

とんでもない、恋愛結婚だなんて。無理やり交配させられた有機体。むしろ強制結婚だ。果物と野菜の結婚。まさに背徳的だ。

「ミチューリンがどうやって死んだか、知ってるかい」言いながら、ティーレの顔はもう笑っていた。

大昔のジョークだ。「知ってるわ。自分で育ててるイチゴの枝から落ちたんでしょ」

「その通り！」ティーレがしゃがれ声で笑った。喫煙者の咳。胸郭が震えている。

マインハルトは感銘を受けた様子もなかった。

彼女は赤ペンを置いた。

「ミチューリンの最大の功績は、あらゆる有用植物に対して、それぞれ適合する接ぎ木の相手を見つけたことよ」新芽の変異。樹液の混合。改良の一つの方法。この原理は学校現場でも好まれた。優等生の隣にできの悪い生徒を座らせ、何かしら好ましい影響が出ることを期待した。教師は庭師にたとえられた。養樹園を意味する木の学校という言葉もあるくらいだ。雑草をむしり、収穫を待つ。いつの日か。しかし残念ながら、ばかの身体に利口な頭は生えない。ここでは接ぎ木は無意味だ。それに、だれの頭ならいいというのか。クラス全員がアニカの頭になるのは、彼女はごめんだった。サクランボの種を一本の木に育て上げるには、長い時間がかかる。取り木を多くすれば、それだけ収穫は減る。マルテンス家の子たちの頭だって、相当お粗末なものだった。

マインハルトはわかったというように弁当箱を開けはじめたが、じっさいは何もわかっていなかった。

彼女の話はまだ終わっていなかった。「当時は植物の生活条件をくまなく知ることで、その植物を変えられると信じられていたの。だから、キャベツやジャガイモや小麦の生育に何が必要かを研究した。何もかも、その植物がそれまでとまったく違う物を必要とするように仕向けるためにね。もちろん、都合のいい物だけ」順応と反応、ひたすらその繰り返し。黍の育成。日々の糧の克服。農地は実験室だった。実験のために植物は去勢された。自家受粉するのを防ぐためだ。ピンセットと筆で武装した農民の部隊が野へ赴く。花粉嚢を取り除き、人工的に受粉させる。いわばミツバチの群れだ。

「成果だって挙がってたさ」ティーレが知ったかぶりをした。「ヤロビゼーションで」

この言葉を聞くのは本当に久しぶりだった。

「小麦の春化ね」

穀物の種を蒔く前に、春化処理を施すのだ。種子に二十四時間照明を当て、紫外線を照射し、樽の水に浸けてふやかす。巨大な倉庫。マイナスの気温で、窓を開け放つ。

マインハルトはもぐもぐしながら頷いたが、相変わらず理解していないようだ。どう理解しろと？　彼は協力作業班のない所で育ったのだ。収穫期の動員も、ジャガイモ休暇も知らない。おそらく野良仕事をしたことすらないだろう。何の話か、わかるはずもない。

「荒っぽく言うと、小麦の種子をあらかじめ冷蔵庫に入れておけば、シベリアでも小麦が作れると信じてたってこと」

「なるほど」

納得したようには見えない。

「もちろん、事はそううまくは運ばなかった。そしてうまく行ったときでも、労力のほうが利益をはるかに上回っていた」

「それは違う」ティーレが食ってかかった。

「ちょっと、何言ってるの。ルイセンコがぜんぶ台なしにしたじゃない。創造的ダーウィニズムだなんて言って。あんなの、コルホーズ生物学もいいところよ。自然法則なんかまるで無視で。実践が美化されて、基本的な理論的知見は軽視された。理論は二の次だった」

「だがその理論だって効果を挙げたじゃないか！」ティーレは本気で言っていた。

「たんに理論上はね」

「それ以外に何を期待するんだ？」彼はすっかり腹を立てていた。

「まあ、万有引力の法則だって、ただの理論ですけどね」マインハルトは今度は仲裁役まで買って出るつもりらしい。

「まさに真実の言葉だ、友よ」年長者のお褒めの言葉。賢者ティーレ。

そんなふうに考えていたなんて。ばかばかしい。「ええ、だけど惑星がその法則にしたがっているのは明らかよ。実践なき理論はないんだから」

「いやいや、そんなことはない。数学みたいなものさ。何の役に立つかはまだわからないが、それが事実上正しいということだけはわかっている、そういう物事だってあるんだ。それ自身のなかでは正しい、という」

それに何か意味があるとでも。自分のなかで正しいのは、どんな人間も同じだ。たんなる自己保存の本能だ。

「数学はいつだって頼りになります。公正な学問ですよ。あらゆる学問のなかでいちばん頼りになる」

なんとまあ。たいした自信家だ。大学を卒業したてで、いまだに熱狂的信者なのだ。

「間違いを簡単に修正できるしね」彼女はどうしても言わずにいられなかった。いずれにしても、フェルディナントのこのなぐり書きに比べれば、数字のほうが容易に解読できる。

おやおや。マインハルトときたら、怖い顔もできるらしい。

「いずれにしても、数学に改竄（かいざん）はありません。それは……」

「ルイセンコは改竄者なんかじゃない」ティーレはいまや怒りに我を忘れていた。「そりゃよくわかっていない部分はあったかもしれない。だが、彼にはちゃんとビジョンがあった。極地圏での穀物栽培！　自然の改造！　世界にパンを！　忘れないでくれたまえ。宇宙に一番乗りしたのは、ぼくらなんだ。ぼくらは勝ったんだ」

ティーレのいつもの話題だ。紫外線照射と宇宙旅行。社会主義の兄弟国。太陽へ、月へ、シベリアの麦畑へ。中央アジアで甜菜を、乾いた草原（ステップ）ではイチゴを。コルホーズから細胞へ。共にミチューリンの道を歩もう。間違った道を。一本の茎に幾本もの穂をつける小麦。春まき小麦を秋まき小麦に変えられるなら、小麦をライ麦に、トウヒを松に変えられないわけがない。「それ自体は素晴らしくて良いものだった。だけど、あそこまで次々くだらないことをする必要があった？　ありとあらゆることが喧伝（けんでん）された。バクテリアをウイルスに変えるとか、植物細胞を動物細胞に変えるとか。有機物の死骸から細胞を、卵黄から血管を取り出せるとか。またはジャガイモを四角形に植え付ける方法とか、豚小屋の建て方とか。それから開放牛舎はどうなった？　それが自然に合った家畜飼育法だという触れ込みだった。笑わずにいられない。牛たちは自分の糞尿にまみれて暮らし、冬になったら死んだ。プロレタリア生物学は実用性を目指したのかもしれないけど、結局使い物にはならなかった」動物の尾を切り落としたからといって、尾のない子孫が生まれるようにはならない。実験には時間がかかる。結論を導くにも時間がかかる。すべてに時間がかかるのだ。だが、だれも彼も時間がない。すぐに成果を求める。豊かな収穫を求める。テーブルにのったパンを。大きく実った穂と、たくさん乳を出す乳房を。小さなジャージー種の種雄牛を、太ったコストロマ種の雌牛と掛け合わせる。糞から実（まこと）を出そうとしたのだ。

ティーレがため息をついた。「本当はマルクス・レーニン主義のいちばん大事な方法論は、物事を検証することなんだが」

「そうなんですか？　それは思いもよらなかったな」それにしてもマインハルトは変わっていた。髭はまったく生えていない。なのに耳のなかに毛が生えている。ノロジカの雄は去勢するのが遅れると、角の代わりにかつらのような突起物が頭にできる。

「たしかにきみの言う通りだ、インゲ。ちょっとプロパガンダが過ぎた。そんな必要はまるでなかったのに」

最初はジャガイモにつくコロラドハムシ。収穫に打撃をあたえるために、アメリカの飛行機が投下したのだと言われた。一四一ペニヒ。ジャムの瓶がいっぱいになった。次はトウモロコシ。にわかにそこらじゅうで作付けされるようになり、土壌を窒素で汚染した。茎にぶら下がったソーセージのような実。なんて愚かなのだろう。少なくとも、何本も穂をつける小麦を見た者は一人もいなかった。ミチューリンの畑は実らなかった。灼(や)けつく夏の暑さで乾ききった大地。結局、蒔いた種を残らず食べてしまったのは、スズメだった。そこから得られた教訓は？　スズメは農業にとって、第一級の有害生物だということだ。それと作物の収穫はまず第一に、正しい種の蒔き方にかかっているということだ。実験がどうしてもうまく行かないときは、どうすれば正しい結果が出るように仕向けられるか、よく考えることです。彼女のショウジョウバエが死んでいるのを見て、遺伝学の教授が言った言葉だ。その言葉の意味を、全員が理解した。オブラートに包んだ言い方。それでいて意図するところはあからさまだった。正しい方向へ、ちょっと後押ししてやるのだ。全体がうまく行くように。適合しないものは、適合するようにさせられた。あらゆる公式に、箝口令(かんこうれい)がつづいた。「ブダペストでは、ショウジョウバエの培地をまるごと廃棄までした。モルガニズムの象徴だといってね」

「もういいよ、ローマルク。どうせきみのアメリカ流資本主義遺伝学が勝ったんだ」

彼女の遺伝学などではまったくないのだが。どうやら生物学にまで宗派の違いがあるらしい。ティーレはすっかり気分を害していた。腕組みをしている。何でも個人的にとらずにいられないなんて。

マインハルトは机に肘をついていた。「ぼくがわからないのは、遺伝学のいったいどこがそんなに資本主義的なんですか」

ティーレのほうを見ている。彼が答えるべきだ。

「そうだな、すべては素質で決まると主張するところかな……」

ティーレは鍵束を手のひらにのせ、重さを量っている。

「……人生があらかじめ決まっていると。貧乏人は貧乏なまま、金持ちは金持ちのまま。そういうブルジョワ的なくだらんところさ」

相変わらず、型にはまった批判ばかりだ。

「社会の変革は、自然の手前で歩みを止めはしない。自然だって社会の一部なんだから。同じように革命しなければ！　そして環境や習慣を変えれば、そのうち人間だって変えることができる。存在が意識を規定するんだ。当然のことだよ」

鍵束が机の上に落ちた。

「ぼくは思う、種の内部での競争みたいなもの……それを維持できるのは、来る日も来る日も競争が行われるような社会だけなんじゃないか。そんなものは自然法則じゃない、資本主義的世界観の産物だ！」ティーレは熱弁をふるった。耳が真っ赤だ。

「ねえ、ティーレ、私たちは皆、見て見ぬふりをしてきたのよ。いろんな人がいるのを否定してきた。善人もいれば悪人もいるし、勤勉なのもいれば怠け者もいる。農家の子どもを全員、大学教授にするなんて無理。教育はすべてじゃない。生物学と心理学と社会学の統合だなんて、とんでもない。落ちこぼれの子たちのために、私たちは最大限努力してきた。夏休み中もずっと彼らと特訓した。ぜんぶ無給の補習授業よ。そこまでしても、社会主義が勝つのが落下の法則と同じくらい確実だとは言えない」

　ティーレが身を乗り出した。「だけど、うまく行ったことだってあったじゃないか。海洋生物学者になった女子生徒は？　あの子だって、マルテンス家と似たような家の子だったぞ」

「あそこまで子だくさんじゃないわ。あの家に多かったのはアルコール」規則にも例外はある。

「それに……」ティーレは立ち上がり、椅子をぐいと押した。「……一〇〇パーセント確かなことしか教えちゃいけないというなら、学校なんてもうぜんぶ閉めるしかない」

「でも、数学はですね……」またマインハルトだ。

　ティーレが手をはらった。「もういい。きみもいずれわかる。人生には、きみのくだらない方程式なんかより大事なことがあるって。一つきみに言えることがある。現実ってもの、世のなかの出来事ってものは予測不可能ということだ。どこかで突然、爆弾が炸裂する。そのときにはもう、ぼくらは次の世界大戦の只中に巻きこまれているんだ」

　彼は両手で椅子の背をつかんで身体を支えていた。演説でもしそうに見えた。彼女たちの頭ごしに。「ぼくらにとって重要なのは、現状の克服、資本主義的社会形態の克服だった」

「だけど、自然は克服できないわ」ティーレがそれを理解しようとしないなんて。彼女はいい加減いらいらしてきた。採点のつづきは後でするしかなさそうだ。

「もし自然が資本主義的なら、できるとも！」もはや救いがたい。勘違いもはなはだしい。雄牛は年をとればとるほど、癖が強くなるものだ。

マインハルトが唸った。「なんてこった、二人とも、いまだにどっぷり浸かってるんじゃないですか」

「なあ、友よ。きみはここに来てどれくらいになる?」ティーレはもう一度腰かけた。尋問の体勢だ。

「一年半です」誇らしげだ。まるでここがシベリアだとでもいうように。

「で? 気に入ったかい、ゾーンのなかは?」

いままでそんなことを訊いたことはなかったのに。なぜ急に知りたがるのだろう。

マインハルトはためらった。警戒しているのだ。無理もない。

「うーん、わからないな。いいと思います。つまりその、とてもいいと思います。まだ完全にできあがってないところが」

「ほら見ろ!」ティーレは人差し指を挙げてみせた。昔の校長先生のようだ。「なぜなら、ここはユートピアだからさ」

共産主義者の夢。東部辺境地帯(ワイルドイースト)の幻想。いまや彼はすっかり自制心を失っていた。富を万人に。海藻をパンに。人類みな兄弟。北極と南極の氷を融かし、砂漠に水を引き、クマを飼い慣らす。地中海を干拓する。癌(がん)を、老化を、死を克服する。それでも個人の宇宙旅行を競売にかけたり、羊のクローンを作ったりするよりは独創的だ。この春にはハイブリッド胚が作られたばかりだ。牛と人間の交雑種。三日後、細胞分裂を五回繰り返したところで廃棄されたという。超人が生まれるのも、もはや時間の問題だ。人間に考えることを禁じることはできない。近いうちに、愚かな人間の身体に賢い頭が接ぎ木されることだろう。「なんだかカトゥナーみたいな口ぶりね」

「ふん、あいつか。いいかい、カトゥナーはいまにぼくら全員を片付ける。一人ずつね。最後にはやつだけが授業をしているだろうさ」

共犯者のように目くばせする。

「ぼくはいずれにせよここにとどまる！　配水管の水が腐っちまうまでね」

彼は新聞を折りたたんだ。

「それからもう一つ。いま、ここでのことだ。これは小さな退歩だ。だが、来たる世代がぼくらの正しさを証明してくれるだろう。未来の歴史さ。すべてがうっすら雑草に覆われる頃には、再挑戦が始まる。本物の革命がね」彼は椅子の背にもたれかかった。「こんな教科書じゃ、話にならない。あの転換期を革命なんて呼んでるんだ。理解に苦しむよ。何もかも腐ってる」

「昔もいまもね」それが真実だ。

ティーレはふたたび立ち上がった。

「インゲ、当時ぼくらには理由があった。大義名分が。だが、いまのこれは……領土の併合を平和革命と称するなんて。——革命だって！　考えてみるがいい」彼の声はほとんど裏返っていた。「これが笑わずにいられるか。まったく血も流さない革命だと！　真に何かを動かすには、暴力が必要なんだ。闘うというのがどういう意味か、いまじゃだれも知りゃしない。一つの国のために。正しいことのために。それには首がごろごろ転がらなくちゃ。バリケードを燃やさなくちゃいけないんだ」彼はもうドアの前に立っていた。「今日革命と称するものは、ぜんぶ歴史の改竄だ！」手の施しようがない。最後の言葉だった。ドアがばたんと閉まった。ティーレはいったいどこへ行ったのだろう。休み時間までは、まだだいぶ間があった。

校庭には、生徒たちが二列にならんでいた。全校生徒が学年ごとに整列している。左に上級学年、右に下級学年。ひび割れた歩道の敷石の線にそって、横一列がそろっている。せめてきれいな背の順になればいいのに。教師たちはそれぞれ学級委員の隣に立った。予想通り、アニカが投票で勝ったようだ。戦闘にそなえるように、背筋をぴんと伸ばして立っている。直立不動。あの子ならきっと、自由ドイツ青年団（FDJ）の書記になれただろう。あとは全員が手をつなげば完璧だ。当時国道B96号線沿いにできた、ふぞろいな人間の鎖のように。二つのドイツを貫く大きな十字。奇妙だ。あれが何のためだったのか、あるいは何に反対していたのか、彼女はまるで思い出せなかった。あまりに多くの集会に参加したことによる後遺症だ。いま参加しているのが五月一日（メーデー）なのか、共和国の建国記念日なのか、それとも教師の日なのか、花の種類でかろうじて見分けがつくような有様だった。ライラックか、ダリアか、牡丹。

おや、もう式典長のお出ましだ。カトゥナーは専門棟を出ると、生徒と教師の列の間を大股で通り抜け、本館入口前のいちばん上の段に立った。

書類かばんのなかから、女性用拳銃くらいの大きさのピストルを取り出し、空に向ける。首をすくめろという合図だ。カトゥナーから全校生徒へのスピーチ。毎月第一水曜日の大休憩。

カトゥナーは毎回、小さなブラスバンドにファンファーレを演奏させたがったが、皆で説得して何とか思いとどまらせた。ティンパニーとトランペットのファンファーレ。だが最終的にカトゥナーは、彼女のアイデアにすっかり夢中になった。水曜日の説教をピストルの音で始めたらどうか。どうせ夏の体育祭までピストルは使わないから。銃声。スタートの合図。

「親愛なる女子生徒諸君……」わざとらしい間。「ならびに男子生徒諸君。そして忘れてならないのは、尊敬する諸先生方」

いつもの大げさな言い方。セールスマンの笑顔。牛は表情というものをもちあわせない。彼らは身体で意思疎通するしかない。

「学校とはそもそも、その本質からして変遷の場、変化の場です……」

なんだ、旗式点呼か。ただ旗がないというだけだ。代わりに点呼、呼びかけをたっぷりというわけだ。百花を開かせ、百校を互いに競わせよ。

「ここで皆さんは外国語を学び……」

目を細めると、カトゥナーの顔はガラスのドアを背景にただの白い点になった。昔の二十マルク札に描かれた学校の昇降口の絵とそっくりだ。小さな緑色の紙幣。学校から出てくる子どもたち。楽しそうに放課後にまろび出る。半ズボン姿で、弁当箱をさげ、ランドセルが背中に貼りついたように見える。ガラスのドアの手前の階段。学級写真を撮る場所だ。クラウディアの入学式。入学祝の菓子筒を抱え、隙間の空いた前歯を見せていた。いちばん後ろ、三列目。背が大きかった。男の子ならよかったのに。彼女はときどき小さな息子の夢を見た。十歳くらい。悲しそうな目をした子。

彼女の膝に顔をうずめる。子犬のように。そして松と潮風の匂いがするのだ。

「……ここで皆さんは、これまで受け継がれてきた文化と歴史の基本に触れます」

いったいどこから書き写してきたのやら。そもそも彼の話を聞いている者はいるのだろうか。マインハルトの丸い顔。トレンチコートのボタンが一つ外れている。中年のおばさんのような外見だ。そしてティーレがいた。まるで葬式のように、首をうなだれて立っている。生徒たちはおどろくほど静かで、かつてないほど行儀よくしている。

そこへベルンブルクが十二年生を引き連れて入場してきた。位置につく。全員が緑色の本を小脇に抱えている。

カトゥナーは気にもとめず、そのまま話をつづけた。「……ここで皆さんは自然科学の基礎に親しみます」

何の臭いだろう。トイレの窓は閉まっている。嘔吐物の臭いだ。酪酸。校庭でだれか吐いたのか。アルコール中毒。鼻がおかしくなりそうだ。

「人文主義ギムナジウムとは、私たちの自由民主的な基本体制の成果です」

人文主義か。かつてそれが罵言だったこともあった。

彼の背後の壁に大きな白いしみ。落書きを消した跡だ。建物の正面（ファサード）さえちゃんとしていればいいのだ。そしてスローガンなら、いまや彼に任せておけばよかった。

「なぜなら、自由で民主的な社会においてしか、知識の伝達はできないからです……」

すべては同じことなのではないか。「民主的」と「自由」を取り去り、代わりに「社会主義的」

を補ってみよ。出てくる答えはつねに、全面的に発達した個人の育成となる。その中心にあるのはつねに人間であるとされた。

昔は子どもたちを進歩的で平和な人間に育てるべきだとされ、今日は自由な人間に育てよという。しかし自由とは、必要性を認識することに他ならない。何人も自由ではない。そもそもそんなふうに想定されてもいない。義務教育だけをとってみてもそうだ。それは国家による自由の剥奪だ。各州文部大臣会議（KMK）による企みだ。その目的は、だんじて知識の伝達などではない。子どもたちを規則的な日課と、その時々の支配的イデオロギーに慣らすことが目的なのだ。それが支配階級の擁護につながる。最悪の事態を避けるために、何年か監督下に置く。成人までの自習期間としてのギムナジウム。善良な国民。従順なしもべ。年金制度の補充者。

「……分析。解釈。自立した行動。判断能力。批判的思考……」

それなら彼女も知っていた。批判的思考はつねに許されていた。ただし、路線に忠実でなければならないが。とりわけ病んだ体制のなかでは、おのれの健康に留意する必要がある。そしてあらゆる健康の核となるのは適応なのだ。

「……そして何より、創造性です！」

とうとう必殺の根拠まで出してきた。創造性とは神のようなものだった。計測することも、証明することもできない。ゆえに存在しない。無能な人間がしがみつく、妄想の産物。何もできない者は、とりもなおさず創造的ということになった。だれよりシュヴァネケはご満悦の様子だった。チーム全員の前で、勲章でも授けられたような顔だ。

「さまざまな知識を個々の独立した分野に分割しているのは、あくまで暫定的なものにすぎません。すべての教科は互いに親戚関係にあるからです」

で？　それが何だというのか。すべての人間は互いに親戚だ。誕生と同時に罠にはまりこみ、何人もそこから逃れられない。人は皆、父親と母親をもつ生き物だ。何年間も二人の人間の手中に委ねられる。長期にわたる自由の剝奪による依存。デューラーの野ウサギの絵の下で、静かに昼寝をしなければならなかった。ウサギの長いひげ、黒い瞳に映る窓の十字。跳躍にそなえて前足を揃えている。いつの間にか馴れが出る。それは親密さと取り違えられやすい。温めた牛乳にできる不快な膜。ストックホルム症候群。そして父親と母親が遺す唯一のものは、遺伝素質だ。

「私たちはけっして学びつくすことはありません……生涯学びつづけます……学校のためにではなく、生きるためにです……」彼はどんなカレンダーの格言でも利用するだろう。あと足りないのはレーニンくらいだ。学べ、学べ、なお学べ。悪臭は消えなかった。口で息をするのがいちばんいい。

「……私たちは生涯、学校に通うのです」

じっさい、そうしている。だが、それが何の役に立つ？　人生の最大の挑戦は、どっちみち準備のしようがないのだから。生まれること、成長すること、物質交代すること、老いること。それを学ぶことはできない。すべてひとりでにそうなるのだ。なぜ両親が一緒にいたのか、彼女にはずっと謎だった。二人の人間が不可解な理由から、毎夜同じダブルベッドで眠っていた。べつに苦もなく。いずれにしても、恋仲というのではなかった。ただの一度も。父親は若くして亡くなった。急に倒れたのだ。まるでいつもの長い森の散歩から二度と戻らないという勇気すらなかったかのように。彼女はよく父親と一緒に出かけた。動物を観察したり、キノコ狩りをしたり。持ち帰ったキノコを、母親はいやいや料理した。拾った鳥の羽根はすべて袋につめておき、春になると草原へ行って、その袋を逆さまにした。ツバメの巣作りを応援するためだ。一度、狩りに同行させてもらったことがある。勢子(せこ)の集団にまじって、棒で木の幹を叩いた。イノシシを銃口の先へ追い込むのだ。茂みのなかでは狩猟許可をもつ者たち、つまり党員で父親の同僚である者たちが猟銃をかまえていた。職務の特権。党郡指導部。父親が生活のためにどんな仕事をしているか、母親ですら知らなかっただろう。

「……私たちは知識社会に生きています。教育は最高の財産です……」

つねに教育に投資しなければならないなんて。大学で学んだ者は、いずれにしろ去っていく。教育の原動力とは生み出すこと、育てること、再生産することだ。一夫一婦制の賛美。種の保存のジレンマ。増殖しては死滅する細胞。原形質のかたまり。極小の部屋、そのなかにある物を顕微鏡で大きく拡大して見る。すべての細胞は細胞から生じる(オムニス・ケルラ・エ・ケルラ)。個々の部分からなる全体。高度な分業。すべての有機体は、きわめて複雑な機械だ。社会のなかで、小さな部分がそれぞれ役割をはたしている。同一の遺伝子をもつ個々の細胞の集団(コロニー)。他者の犠牲の上になりたつ細胞の共生。より良い国家。より美しい国。私たちの故郷。太陽は東から昇る。父親の言葉。光に向かって。植物と同じように。

「私たちはこの学校を未来のために元気にします……」

一度、父親と一緒に国境を越えたことがあった。父親の生まれた町へ。新しい交通網、実用的な集合団地、クレーターの穴のような市場。昔の面影(おもかげ)はまったくなかった。駅の名前はポーランド語に訳されていた。おどろくべきことだ。同じ地理的位置に、いまも人が住んでいるというだけの理由で。都市の遺伝素質が大きく変わったら、町の名前を変えなければならないらしい。それはもはや同じ町ではない。まったくの新種だ。

「……そして共に力を合わせてこそ……」

国家権力との協調。動物と人間の世界における相互援助。協力的行動は、協力によって応えられる。あなたが私を助けるように、私もあなたを助ける。コヨーテとアナグマは一緒にジリス狩りをすることがある。アナグマが土を掘り、ジリスを隠れ穴から誘い出す。出口でコヨーテが襲いかかる。獲物を食べる際、コヨーテはしばしばアナグマに先を譲る。だが、コヨーテがアナグマまで食ってしまうこともある。共同作業はつねに危険を伴う。

「そしてただ共に、互いに……」

ギブ・アンド・テイク。カトゥナーは何を指して言っているのだろう。昔はニワトリは牛糞を、牛は鶏糞(けいふん)を餌としてあたえられた。タンパク質とバイオマスの交換。未消化のエネルギー、使われていない才能。

「……発展とは、必ずしも大きくなることとはかぎりません……」

あらゆる犠牲をはらって行われる細胞更新。規則にしたがった任務。スムーズな進行。細胞は政治的だ。家族は社会の最小の細胞だ。年齢のピラミッド。頂点に立つのは家族。家族って？ 彼女の家族は、ダチョウを愛する夫と、ほとんど思い出すこともできない娘だ。細胞、すなわち万病の元となり、諸悪の根源となる場所。父親があんなふうにあっけなく亡くなってしまうとは。彼女の髪は一気に白くなった。たった二、三週間のうちに。メラニン色素の急激な後退。まだ三十歳だった。クラウディアは夏休みのキャンプに行っていた。家に帰ってきたときの驚きよう。娘は母親がわからないほどだった。

「まったくその反対です。私たちは縮んでいます。ただし健康的に縮んでいるのです……」

この悪臭はまったく耐えがたかった。鼻をつまんでいる生徒もいた。シュヴァネケはどうやら嗅覚がないらしい。相変わらず全方向に笑顔をふりまいている。

その翌年、彼女はクラウディアのクラスを教えた。今日ではとうてい許されないことだが、当時は多くの同僚が自分の子どもたちを授業で教えていた。クラウディアがそれで悩んだりしたことはないはずだ。人は自分がどこに属しているかわきまえているものだ。人には収入がある。自分の子どもが面倒を見てもらっているのを知っている。

「しかし、この場所……ここは空虚な空間などではありません。未開発の可能性の空間なのです……」だんだんティーレのような口ぶりになってきた。同じ仕草、同じ情熱。あの青い空。

「ここにはたくさんの余地があります。新しいこと、さまざまなアイデアのための余地が！」彼は両腕をひろげてみせた。聖職者になればよかったのに。カトゥナー牧師。水曜日のうちから、もう日曜日の説教。

彼女はようやく気づいた。この悪臭がどこから来るのか。銀杏（いちょう）の木だ。なぜもっと早く気づかなかったのだろう。はじけた実、腐敗した外種皮（がいしゅひ）。腐った油脂のような刺激臭。この木のお化けは昔の校庭の名残で、飾りとして植えられていた。記念板と格言が付いている。一つのもの、自らを分けり。広葉樹でも針葉樹でもない。一九八二年のゲーテ没後一五〇周年に種子から育てられた。ゲーテの木。ゲーテの骨。ゲーテは本当に、自分が顎間骨（がっかんこつ）を発見したのだと考えていた。探求可能なものを探求したのだと。それが雄木（おぎ）なのか雌木（めぎ）なのかは、ようやく二十年後、最初の実をつけたときにわかる。モルモットとあまり変わらない。ここ数年でこの銀杏の木は成熟し、毎年秋になると空気を悪臭で満たした。いまいましい裸子植物。

「親愛なる生徒諸君、この地域の未来は、きみたちにかかっているのです」

彼らの意識に呼びかける。若人（わこうど）よ、合図に耳傾けよ！　失敗はチャンスだ。

「きみたちの世代こそが……」

いつだって、これからの世代にかかっていると言われた。若者に再三にわたって未来が売りつけられるのだ。

あいにくの風向きだった。耐えがたい、この悪臭！　銅釘を幹に打ったらどうか。だが、おそらく効き目はないだろう。銀杏の木というのはやっつけようがない。ガラパゴス諸島のじっと動かない巨大トカゲと同じ、生きた化石。ヒロシマを生き延びた銀杏もあるくらいだ。樹齢が千年になることもある。クラウディアと一緒に見に行こうとした、あのマンモス級の巨木のように。だが、結局北部へ行くのはやめにしたのだった。原始時代の木。あの国は太古の風景そのものだった。何もかもが大きすぎ、広すぎた。谷も砂漠も、見に行くにはまる一日、いや何週間もかかるサイズなのだ。あまりに全体が見通せない。人々がこの大陸を発見し、入植した頃は、あらゆる可能性があったはずだ。ところが最終的に何が作られたか。紙と木の家々だ。あれに比べたら、彼女の家ですら堅牢と言えた。部屋いっぱいの大きさの洋服ダンス、五車線もある高速道路、ひとけのない歩道に、テレビドラマのような名前のついた通り。エアコンが発明されたおかげで存在できている都市。観光ガイドの女性。無邪気なアメリカ人の顔のなかに、ヨーロッパ的な特徴がかすかに残っていた。移民の国。クラウディアが通訳した。周りを見て、と始終催促した。ずっと海の話をしていた。かつてそこにあったという海、巨大な海洋。この砂漠はかつての巨大な海の底に他ならず、風変わりな赤い山々は海底の連丘であったのだと主張した。しかし、それはただの死んだ風景だった。キツツキの巣穴だらけになったサボテン。その後行った特別居留地では、太ったインディアンの女たちがコンテナハウスの前にしゃがんでいた。不毛な大地に柵がめぐらされている。まるでビニール袋でも栽培しているように見えた。彼女たちをじっと見たり、墓地の写真を撮ったりしてはいけないことになっていた。いたるところに禁止の標識があった。自由の国。

　チャイムが鳴った。大休憩の終わり。だが、カトゥナーにはそれでも足りなかった。前回は何分か延長までしたくらいだ。独裁者の権力。民主主義を説きつつ、自分の意志を押し通す。それを何と呼ぼうが同じことだ。いずれにしても公正ではなかった。

「野性的でありたまえ！　ここにとどまりたまえ！　何かを変えたまえ！　展望をもちたまえ！」

これにも聞き覚えがあった。最後に近づくと、どんな演説も必ずスローガンに移行するのだ。いかなる国家形態ももたないのが、いちばんなのではないか。何もかもひとりでにうまく行くだろう。

アニタおばさんが今日もまたサービスしてくれた。ものすごい量だ。ケーニヒスベルク風肉団子。昔からの給食の定番だ。皿のふちまでいっぱいに盛られている。ソースをリノリウムの床にこぼさないよう、気をつけなければならなかった。

彼女は早いほうだった。教師用のテーブルにはまだだれもいない。奥に二、三人の生徒がいるくらいだ。まさに平和。やっと一人になれた。しかも、肉団子はなかなか美味しかった。

鍵の束がテーブルにガチャリと置かれた。三つ編みのリボンが付いている。

「皆さん、どうぞ美味しく召し上がれ!」シュヴァネケ登場。「ご一緒させていただいてもよろしいかしら……」

どうしてわざわざ訊くのか。災難だ。こいつから絶対に安全な場所はないらしい。どうやらすこぶる上機嫌のようだ。カトゥナーの演説の効果だ。シュヴァネケは座って、上着を脱いだ。

「校長先生のおっしゃる通りですわ。人はけっして学びつくすということがない。そうお思いになりませんか?」

何というオウムだろう。いちいち真似しないと気が済まないらしい。

「わたくしたちは本当に、生涯学校に通いつづけるのですわ」紙ナプキンをひろげ、膝の上に掛ける。

食事が冷める。シュヴァネケはあまりお腹がすいていないようだった。ダイエットでもしているのか。この手の女性はいつだってダイエット中だ。何も料理していないの、でも見て、寝そべっている私のこのスタイル。

「シュヴァネケーせんせーい?」生徒たちはいつも最後の音をどこまでも伸ばす。彼女の名前では、幸いそれができない。

女子生徒だ。名字で呼んでいるところから判断するに、十年生だろう。シュヴァネケが下の名前で呼ばせるのは十一年生からだ。

「はあーい?」同じく大げさな伸ばし方。シュヴァネケは上半身ごと生徒のほうに向き直った。わざとゆっくり。楽しんでいるのがわかる。

「あの詩、本当に明日もうみんなの前で読まなきゃいけないんですか」

「あら、カロリーネ、だってみんなでそう決めたでしょ」

シュヴァネケの歯はなんて大きいのだろう。ピンク色の歯茎が後退している。

「でも、まだ最初しか書けてないんです」

「まあ、とってもすごいじゃない。じゃあ、明日の授業中に、つづきをどんなふうに書いたらいいか、考えてみましょ。ね?」

超一流の取り入り方だ。

「ありがとうございます、シュヴァネケー先生」

その女子生徒が片膝を折っておじぎでもしたら完璧というところだ。シュヴァネケが本当にそんなに好かれているとは思えなかった。

「ああもう、可愛い生徒たち……」考え深げに、歌うような調子で言いながら、フォークでジャガイモをつぶす。

「あの子たちは皆、ある意味でわたくしの子どもなんですわ」

聞く必要もない。どうせいつも同じ歌だ。フォークを口に運び、ようやく口につめこむ。

「あの子たちのなかには……」もぐもぐと口を動かしながら話す。「……最近、わたくし気がついたんですの……愛してあげないといけない子がいるんです……」ごくりと呑みこむ。「その子のことを我慢できるようになるために」気をつけたほうがいい。しゃべる動物は、気道に食べ物をつまらせやすいものだ。

「そういう子がおどおどしながら、小さくなって目の前に立っていたら、まあちょっぴり生意気なこともありますけれど、そういうときは可能性は二つしかないのですわ……」

シュヴァネケは、人間と動物を分けるのは理性ではなく、露骨な言語能力なのだということを示す生きた証拠だった。

「逃げ出すか、それとも……」

この目つき。まるで許しを請うかのようだ。

「……愛するか」

この人間は羞恥心というものを知らないらしい。口紅はもう落ちてしまっていたが、輪郭だけはまだ残っていた。白粉（おしろい）の粉が毛穴につまっている。大舞台への渇望。

「……そしてわたくしは、いつでも愛のほうを選んできましたの」

声にこめられた情熱。本当に女優になるべきだったろう。いや、じっさいそうだ。自分のホルモンのゆらぎに人前で陶酔できるとは。

「わたくしが思うに、お互いに意見を交換するというのは、とても素晴らしいことですわ。それに……」艶めいた笑い。あの歯。恐ろしいくらいだ。

「……とても親密なものだと思いますの」

なぜそんな話を彼女に聞かせるのか。いったい何がしたいのか。まわりには脚光(フットライト)もなく、観客もいない。拍手喝采は期待できない。だが嗅覚がないような人間は、そのほかの感覚も欠落しているのだろう。

「教育的エロスですわ」音を立てて美味しそうに食べている。

それはそうだ。自分のことを下の名前で呼ぶよう子どもに強要するような人間は、子どもを可愛がるためにベッドにだって連れこむだろう。子どもに手を貸す体育教師。体操ズボンがとくに短い場所に介助の手を添える。低級だ。下ろされた子どものショーツ。触れる学校。彼らはつねにその隙を窺っていた。

「あらっ」口に手を当てる。シュヴァネケは急にぎょっとした様子になった。

「すっかり忘れてましたわ。わたくし、もう肉は食べないことにしたんですの」そう言って肉団子を皿の端にころがした。つい目をそらすことができなかった。

昔、クラウディアもそんな時期があった。ちょうどヴォルフガングが失業した頃だ。畜産業は解体されつつあった。そして娘は肉を食べないという。不味(まず)いからと。しかし、インゲ・ローマルクはだれにも余分なソーセージを焼いてやらなかった。学校でも、家でも。クラウディアも長くはもたなかった。肉団子は元の位置にもどった。

「それに、環境への負担だと思うんですの。温室効果。まさに気候殺しですわ。このたくさんのメタノール」

痛いほどの無知だ。またどこで耳にしてきたのだろう。おおかた夜中に眠れなくて、テレビのコメンテーターがもっともらしく喋りまくるのを、意識が遠のくまで聞いていたにちがいない。昔はオゾンホールだった。最近とんと聞かなくなったが。いまは気候変動だ。数十億年の地球の歴史のなかでは、気候の変化くらい何度か起きるだろう。温暖化がなければ、人類はそもそも存在できない。エコロジーについて書かれた章の、あの耐えがたい口調。罪の意識に満ちている。良心の呵責を植えつけることだけを目指している。明後日の黙示録。教会と同じだ。ただし天国はない。生物学に道徳を求めるのは、政治に道徳を求めるのと同じくらい無理な話だ。まるで人間が、環境を破壊する唯一の生物であるかのように。だが、すべての生物がそうなのだ。どの種も空間と資源を消費し、後にゴミを残す。どの生物も、他の生物から生活空間を奪っている。一個の身体がある場所には、他の身体は存在できないからだ。鳥は巣を、ミツバチは蜂房を作り、人間は家を建てる。自然の均衡などというものは存在しない。すべての生物を生かしている物質循環は、不均衡によってのみ生ずる。毎日昇る太陽。膨大なエネルギーの落差が、私たちの生命を維持している。均衡、それは終わりであり、死だ。

シュヴァネケは今度はフォークで肉団子を小さく切り刻みはじめた。

「かわいそうな動物たち」とうめく。まるで肉団子のことを言っているようだ。いったいどこまでばかになれるのか。そもそも大自然で生き延びるというのは、そんなに生易しいことではない。自然界での死は残酷なものだ。暴力的な死ほど自然なものはない。人為選択による繁殖と管理された交配の成果である家畜を、いったいどうしろというのだ。牛は人間の発明品だ。牛乳製造機であり、牧場で草を食む、七つの胃袋をもつ肉だ。牛を養殖したのは私たちなのだ。だから次は食べるしかない。

「それにしても、うらやましいですわ。今度いつまた帰っていらっしゃるの、先生のお嬢さんは？」

「近々」

なんて陰険な。

いかにも何気ないふりをして、このタイミングでこの質問をしてくるとは。背後からの一突き。何を考えている？「それで、そちらの旦那さんは？」やはり。図星だ。ジャガイモがフォークから皿に落ちる。ガチャンという音。これで静かになるといいが。

「彼には他の女性が」なるほど。だれかに告白したくてたまらなかったのだ。

「むこうのほうが若くて」

ズボンを下ろしたも同然だ。

「しかも、妊娠してるんですの」

あまり独創的とはいえない。

「わたくしには子どもができないんです」

羞恥心を知らない人間は、子どもを授かることもない。自己露出、自己流出。

「子どもの頃、母にたずねたことがありますの。子どもはどうしたらできるの、って」シュヴァネケは息を吸い込んだ。臨終の床でもなお芝居を演じることだろう。

「母は言いました……」唇を震わせている。よりによって、日頃自分の細やかさを自慢しているような人間が、ここまで厚かましく他人に感情を押しつけてくるとは。「……本当に心の底からお願いしたら、そしたらできるのよ、って」もう止められなかった。なりふりかまわなくなっている。すでに裸の状態なのに。見ないほうがいい。ますます調子に乗るだけだ。

「インゲ」肩をすくめる。

「インゲ」唇が動く。ほとんど聞きとれないほどの声。まさか泣いているのではあるまい？

「インゲ、って呼んでいい？」

これは脅迫だった。何もかも仕組まれていた。

「ええ、どうぞ」それ以外にどう答えようがある？　水の循環は強大な力をもっている。これは昼食時間を利用した虐待だ。

今度は何だ？　すすり泣く声。痩せて細い手。首に抱きついてきた。抱擁。万力（まんりき）のような腕。その胸は柔らかく、温かかった。


バス停には、今日は早い時間から生徒たちがたむろしていた。角のパン屋はもう店をたたんでいた。学校の近くで自分の小遣いを使える場所は、シュタインシュトラーセ通りのタバコの自販機だけになった。

男子生徒たちはだるそうに携帯電話をいじり、女子生徒はイヤホンの音楽に合わせて身体を揺らし、ひっそりと目立たない。エレンですら、ちょっかいを出されることもなく、本に没頭していた。車一台通らない。週の真ん中なのに、日曜日のような雰囲気だった。だれか足りない。エリカだ。どこにいるのだろう。インゲ・ローマルクは町側と学校からの道の両方が視野に入るように、身体の向きを変えた。市壁、マルクト広場への道。やはり人影はない。バスが来た。皆が乗りこむ。順番争いすることもない。バスの運転手の間の抜けた顔。彼女はもう一度あたりを見回した。

「もう行ってください。忘れ物をしたので」

ドアが閉まる。

バスは発車した。彼女を残して。

窓ガラスの向こうで、ジェニファーがけげんな顔をしている。さて、どうしたものか。本当に寒かった。それに暗い。十一月の気候だ。道を渡る。

校舎の廊下は暗かった。もうどこも授業はしていない。が、生涯学習講座はまだだった。不気味なほどの静けさ。細い鉄の柵に沿って階段を上る。手すりに片手で触れながら。コンクリートを打って作られた窓台。

あのとき、彼女は一人で行った。だれにも相談しなかった。だれに相談するというのか。ハンフリートとの関係は終わったのだ。ヴォルフガングは関係ない。下半身の話だ。一泊入院しての小さな手術。どっちみち彼は頭がいっぱいだった。騒然とした時代だった。国境が開かれ、通貨が新しくなった。何十年もの間、耕種農業が優遇されてきた。そのしっぺ返しが来た。畜産農家の蜂起。これからどうなるのか、だれにもわからなかった。だれも彼もが自分に任せておけと主張した。最初はまだ、乳牛用の施設を新しく作るという話だった。効率的給餌法に切り替えるべきだという話も出た。医者はもう遅すぎると言った。だが結局、手術をしてくれた。まだ移行期の規則が適用できたのだ。医者はハンサムだった。禿げていたが。おそらくここの人間ではない。わずかに生えている毛が、短い導線のように立っていた。看護婦が彼女の局部の毛を剃り、手を握ってくれた。麻酔が効くまでの間。目覚めて最初に見えたのは、病室の曇りガラスだった。ドアに嵌めこまれた波ガラス。両親の家の台所のドアと同じだった。クモの巣のヴェールのような、アルバムの薄い羊皮紙のページ。カエルが乳製品屋さんへ行きましたとさ。店員さんがききました。「小さなカエルさん、何にしましょう?」カエルは答えましたとさ、「クワルク、クワルク」クラウディアは毎回笑った。子どもの頃から。大きくなってもまだ笑っていた。クラウディアのお気に入りの冗談だった。そもそも乳製品屋というものがあるのだろうか。昔はあったかもしれない。だが酪農場はどこも閉めてしまった。あっという間に牛乳の行き場がなくなった。学校では皆がコーラを飲んだ。放牧期が終わり、例年のように牛を出荷しようとしても、屠殺場はもうなかった。冬越しのための牛舎もなかった。牛をどこへ連れて行けばいいのか、途方に暮れるばかりだった。行商人が二束三文で牛を買い取った。搾った牛乳は畑に撒いて捨てた。二人目を産むのは無理だった。クラウディアは思春期に入っていた。ヴォルフガングは自分の職を守るために闘っていた。雌牛が乳を出すには、子牛を産まなければならない。牛乳を出して初めて、雌牛は雌牛といえる。そして女は、子どもを産んで初めて女だといえる。抗体。Ｒｈ因子不適合。合わないものは合わない。彼女はクラウディアを産み、育てた。義務を果たした。これ以上彼女に何ができよう。母乳をあたえることはできなかった。出なかったのだ。恥毛はすぐにまた伸びた。体毛が身体のそれぞれの箇所で一定の長さで止まるのは驚くべきだ。遺伝子に組み込まれているのだ。

急に寒くなった。肩のあたりに寒気が走り、頭皮に鳥肌がたつ。だが、それは普通のことだ。人間がまだ毛皮をまとっていた太古の名残だ。敵と向かい合った時、毛を逆立てることで強く見える。敵はいない。すべて問題なし。普通とは何だろう。ときには規則が例外である場合もある。隠花植物や、アブラムシの単為生殖。飛べない鳥。離婚することだってできるのだ。いままで一度も考えてみなかったなんて。

ガタガタという音。ドアが一ヶ所開いていた。清掃婦が椅子を持ち上げている。いまだにあのデロン製のエプロンをしているなんて。床磨き用ワックス。銀杏酸よりひどい臭いだ。

ハンフリートのことを、彼女は最初はまったく意識していなかった。ある市民運動。初めての本当に自発的な集団奉仕労働。ヴォルフガングは加わらなかった。彼は慎重だった。皆で沼からゴミを引き上げて片づけ、新興団地の裏手に広がる耕作地の小道に木を植えていった。緩衝帯。ハンスもはじめのうちは参加していた。クラウディアも。牧師の家のひょろひょろの子どもたちと一緒に。

ハンフリートはいつも木をもらってきた。野山の木だ。コブカエデ、ブナ、栗。山林監督官の所から。彼女も何度か一緒に行った。もう一度妊娠するとはまったく予想していなかった。自分にまだ子どもができるということを忘れていたのだ。当時クラウディアはもう生理があった。卵子が成熟する周期。もう彼女とは関係ないことだと思っていた。じつはずいぶん後になって気づいたのだ。レントゲンを撮る際に、「妊娠していない」の欄に署名しなければならなかったからだ。中絶。まるで今回の妊娠をいつか再開できるかのように聞こえる。この子どもを、また別のときに授かれるかのようだ。彼女はどちらの子どもも失った。生まれなかった子どもと、生まれた子どもと。何をばかな。そんなことを考えるものではない。植えた木々は、とっくにトラクターでつぶされてしまっていた。

もしかすると、あの像の手に接吻したせいかもしれない。スペイン。コスタ・ブラバ。初めてのちゃんとした外国旅行だった。山のなかの修道院。黒いマリアの崇拝。健康と多産。彼女がそういうことを信じているというのではない。母性愛とはホルモンだ。神話だ。農耕よりも古い、飢餓の時代の肥満体の女神。ヴィレンスドルフのヴィーナス。ずんぐりした石灰石の身体、膨らんだ母腹の上に垂れ下がる巨大な乳房、りっぱな臀部(でんぶ)。顔のかわりに小さな巻き毛の渦。多産の象徴そのもの。

校長室のドアが開いたままになっていた。秘書は半日しか来ない。だが、じっさいは一度も見たことがなかった。いま、カトゥナーが秘書の椅子に座っていた。

「ローマルク？　こんなところでまだ何をしているんだね？」

「忘れ物よ」まただ。何か隠し事でもあるかのように。

「何を忘れたのかね」

相手の戦術を使おう。答えるかわりに訊き返すのだ。「で、そっちは？」

「クロスワードパズルだよ」カトゥナーは新聞を掲げてみせた。

「死の国を司るエジプトの神」

いまのは質問だったのか？

「十三文字からなるオーストリアの女優の名前は？」

見当もつかない。

「まあいい。あとは何があるかな？　ちょっと待った。ああ、こいつは簡単だ。四文字からなる最初の人間は？」

「Affe——サル」ひとりでに口から出た。ほとんど反射だ。

カトゥナーは吹き出した。「サル！　こいつは傑作だ」彼は椅子をうしろに転がし、頭をのけぞらせた。

いまになって、正しい答えが彼女の頭に浮かんだ。

「サル、サル、サル」彼はまだ興奮していた。「ローマルク、ごほうびをあげよう」手招きをする。

「まあ、ここにかけたまえ」

椅子は座り心地が悪かった。

カトゥナーはふたたび机のそばに椅子を転がした。

「どっちみち、きみに言っておきたいことがあったんだ」

いつものわざとらしい間のとり方。

「化学が近々きみの所へ移るから、おどろかないでくれたまえ」

「どうしてまた？」

「美術の授業のために、どうしても流しのある教室が一つ必要なんだ。絵の具を使わなきゃならない。シュヴァネケ先生は自分の教室を手放したがらないし。想像がつくだろう？　それにそもそも、生物学と化学は切っても切れない関係だ」

化学は語らない。生物学は語る。彼女は化学が良くできたためしがなかった。クエン酸回路。電子伝達系。もし化学がなかったら、寂しく思うかもしれない。だが、彼女の教室内にはいらなかった。臭いのは校庭だけで十分だ。

「これまで原子が顕微鏡で観察されたことはないわ」教員養成所の指導教官が、いつもそう言っていた。

「いやいや。知らないのかい？」彼は大げさにおどろいてみせた。「最近は分子を電子顕微鏡で可視化できるようになったんだよ」

ああ、たしかに。その記事なら彼女もどこかで読んだ。

「まあいいさ。私も化学はあまり得意じゃなかったんだ。目の前にあるのが模型なのか、現実なのか、どうもわからなくてね」仲間っぽくにやりと笑う。「成績はずっと三だった。だが、まさに言い得て妙さ。三の評点の意味は『満足できる』だ。満足よりも素敵なものなんてあるのかね？」彼はほとんど歌うように言った。「そうだろう？」

「私はしばらく研修を受けていないしね」最後に受けたのは十年くらい前にちがいない。

「インゲ、わかるよ。そんなことしたって意味がないからね」

「人は生涯学校へ行くべきだって、今日大きなことを言っていたのはだれ」

「じっさいそうすべきだよ。そして私がいちばんやりたくないのは、きみの専門的な能力を疑うことだ。だが、わが州の教師の九〇パーセントは五十歳以上だ。それが何を意味するか、想像できるだろう」

「経験豊富ってことね」

「完全に高年齢化しているということだ。もちろん、老人は未来だよ。経済面だけを考えてもね。成長している唯一の市場だから。そして生物学的に見ても、いまの六十代は、二十年前の四十代より若々しい」

風見鶏だ。

「わかるだろう、生存競争だよ。きみの専門分野じゃないか。少しばかり新鮮な肉をとりこめば、皆具合が良くなるだろう。いちばん元気な者だけが生き残るのさ」彼は自分の腹をなでた。

「きみも知る通り、私たち全員、まあ私はともかく……つまりきみらが四年後にどうなるかわからないじゃないか。だから場合によっては、もういまのうちに他に活躍できる場所を模索してみるのも手かもしれない」

何が目的だろう？

「たとえば、ノイブランデンブルクとか」

何の話だ？

「その場合も、きみの専門性はもちろん保持できる」

専門性？　どうして？　いったい何が言いたいのだ？

「それとも……」彼は息を吸った。「……それともこの町にとどまるか」

「地域学校（レギオナルシューレ）ってこと？」十馬力で引っぱられても行くものか。これは脅迫だ。

「いや、いや。あっちも満員だ。それよりずっといい。根本に立ち帰るんだ。つまりだ、もう一度、一から始めてはどうかというんだよ」

そんなことをして何になるのだ。

「基礎学校（グルントシューレ）！」

彼は頭がおかしくなったのだろう。じきにわかることだ。彼女は何も怖くなかった。利口な獣は待つものだ。

「私に基礎学校で何を教えろっていうの」彼にそんなことが許されるはずがない。勝手に人事を決めるなんて。

「何って、一般社会の授業だよ。きみは適任じゃないか。森、家、人間。温度の測り方。雲の観察方法。キノコの探し方。きみが日頃から足りないと言っている基礎を、やっと教えられる。きみはそのために教師になったんだろう。子どもたちに何かを教えるために」

そんなことのために教師になったのではだんじてない。

「いいかね。失業保険は二年間支給される。似たような種類の、あまりありがたくない仕事だって十分あるんだ。教育が困難な子どもの監視。精神病院の夜勤。児童養護施設の交代勤務」

カトゥナーは彼女に何も手出しできない。社会主義的な人間は、第一に労働過程を通して形成される。規則にしたがった労働。解雇されて、高層ビルから飛び降りる中国人労働者。失業して、一家心中する父親。返済されないままだった借金。そもそも児童養護施設はまだあるのか。人間は最大の有用動物だった。働かざる者、生きるべからず。彼女はなぜ教師になったのだろう。

「だが、まだすべて先の話だ。とりあえずきみはもちろんここにとどまる。いまのはただのアイデアさ」

だが、脅しではある。当時、両親が言ったのだ、彼女に向いていそうだと。それに拡大上級学校（EOS）に入るには、何か職業名を挙げなければならなかった。子どもが次々に生まれるので、教師が必要とされた。つねに。少なくとも昔は。

「それにしても、きみはどうかしたのかい？　車の修理ならとっくに終わっただろう。なのになぜバスを使っている？」

「エコロジーよ」

眉間にしわを寄せる。まったく信じていない顔だった。

「具合が悪そうだな、ローマルク。私はきみのことを心配しているんだよ。へとへとじゃないか。疲れた顔をしているよ。リラックスしたまえ。何かの講座にでも参加してみたらどうだ。昔のロシア語教室で、このあと三時三十分からアクセサリー講座があったんじゃないかな。待ちたまえ、ちょっと見てみるから」カトゥナーは黄色い紙の束から一枚をめくって手にとった。

すぐにでも帰りたかった。これ以上ここに座って、このサーカスの団長から辱め（はずかし）を受けたって何の意味もない。だが次のバスは六時だ。明日からまた車にしよう。なぜまだここに座っているのか。

カトゥナーが挑むように見ていた。

身体に力が入らない。頭がひどく重い。脳は途方もないエネルギーを食う。ホヤは無脊椎の被嚢(ひのう)動物だが、固着して成体になるとすぐに脳を捨てる。クラゲも脳をもたない。神経網で十分に生きていける。この頭という代物。出産の際にも大きすぎる。人間は安産とは言いがたい。このあまりに大きすぎる脳。知識の記憶装置。氷河期のオオツノシカの角やマンモスの牙、サーベルタイガーの長い犬歯のように巨大化している。それは宿命。袋小路。いつの日か。何の役に立つのだろう。知識の集積。私たちが知らないことと、私たちがまだ知らないこと、そして将来知るであろうすべてのこと。手に負えない雑草のようなものだ。研修を受けたってどうにもならない。追いつきっこない。すべてがますます複雑になるばかり。いまだ解明されないことがたくさんある。生物学には、いまなお答えの出ていない問いがある。種間の複雑に絡み合った未解明の関係。今日正しいとされる仮説が、将来の実験によって間違いだと証明されるかもしれない。生命の秘密が小説のようなものだと信じられていたとは。そのアルファベットが四つの文字、すなわちＡ、Ｇ、Ｃ、Ｔから構成されているというだけの理由で。そもそも小説とは何だろう。世界観を描いたものだ。設計図は解読されたが、何もわかってはいない。いわば暗号。ユニットの集積、それがところどころ言葉を生み出す。染色体の鎖の上の真珠。豚に真珠。生物がじっさい遺伝子の奴隷にすぎないなら、その主(あるじ)はいずれにしても理解不能だ。どんな情報がそこにちりばめられているのだろう。ＤＮＡ上に。そしてＲＮＡ上に。未知の機能の転写産物(トランスクリプト)、一時的に機能を停止した偽遺伝子。おまけ、隙間。利用されない余分な情報。知能は一卵性双生児の場合ですら同等ではない。遺伝子的に見れば、人は一生を通して自分自身とすら同一ではない。教科書は書き換えられ、ますます分厚いものにならざるを得ない。日々新しい知見が加わるからだ。新しい研究。理性も私たちを賢くはしない。因果の鎖に締め上げられた自我とはニューロンの幻想であり、じつに手の込んだマルチメディアショーだ。人は動物でなければならない。本物の動物。意志を抑制する意識をもたない動物。動物はつねに自分が何をしているかを知っている。いやむしろ、そもそも知る必要がないというべきか。危険が迫れば、トカゲは尻尾を切る。余分な荷重をたんに切り離すわけだ。人間は次に何をするか、どう振舞うのがいちばん適切か、つねに考えなければならないなんて。動物は自分の欲求を知っている。本能をもっている。空腹か満腹か、眠いか覚醒しているか、不安か、それとも交尾の準備がととのっているか。動物はそのまま行動する。群れの後に従い、源流にむかって泳ぎ、あくびをしながら日向(ひなた)や日陰に寝そべる。共食いで脂肪層をかじる。冬眠する。

カトゥナーがデスクライトを点けた。もう暗くなっていた。光が彼の口元に落ちる。目元は陰に沈んだ。彼女の本能はどこへ行ってしまったのだろう。彼女はどうやってここにたどり着いたのだろう。そして彼女が切り落とせる尻尾は、いったいどこにあるのだろう。

進化論

　太陽が木々の梢から顔を出し、森の上空に来た。すべてが明瞭に、曇りなく姿を現す。猫の尻尾に似たヤナギの花序、白い斑点のように見えるスモモの花、鮮やかな黄色のレンギョウ、緑色の若枝を伸ばす細いシラカバ。ここ数日、ひたすら雨が降りつづいていた。しかし今朝の空は紺碧色（こんぺきいろ）で、ほとんど雲もない。湿性草地の水たまりに空が映っていた。湖のように大きな水たまり。もうじき復活祭（イースター）だ。再来週には休暇が始まる。十日間の休暇。ちょうどいい時期だ。なんて静かで、平和なのだろう。車はほとんど通らない。道路脇の生徒の姿もない。バスはとっくに通過していた。どのバス停にも人気がない。まるでもう何年も前に廃線になった路線のようだ。

　重いハンドルを回して窓を開ける。遅かれ早かれ、新しい車が必要になるだろう。だがヴォルフガングが最近、人工孵卵器（ふらんき）を買ったばかりだった。卵を四十個入れられる。もう抱卵期が始まっていた。空気は清々（すがすが）しかったが、日ざしがそれでも肌を刺した。今日は暑くなりそうだ。柔らかい西風。春だ。ほとんど初夏のようだった。菩提樹までが、もう尖った光る葉を出している。森の地面のあちこちに白いヤブイチゲが群生し、オオムギは旺盛な、青みがかったような緑色を見せている。逆光のなかに黒い人影が一つ。だれかが耕地を歩いている。背中で手を組み、まるで空気の抵抗と闘っているかのように、前かがみになって小刻みに歩を進める。彼女はアクセルから足を離した。人影の隣に、せわしなく動き回る点が見える。小さな赤茶色の動物だ。ぴんと真上にあがった、先の曲がった尻尾、バランスのとれた跳ねるような動き。あれは猫でしかありえない。ハンス。ようやく見分けがついた。ハンスだった。一緒にいるのはエリザベートだ。草のなかを縫うように進み、彼に遅れないようにときどき小さくジャンプしている。お互い同士を見つけた二人。

　彼のやっていることは正しかった。皆、休暇から休暇へたんに渡り歩いているだけではないか。あの眠そうな集団と無縁の十日間。彼女自身のためだけに使える十日間。あるのは庭だけ。庭と家と。そしてもちろんハンス。毎日、庭の柵ごしに交わす会話。本当は彼だけが自分の居場所を見つけていたのだった。彼の家。彼の穴蔵。二つの外気温計と、彼の行動を支配する天気予報がある。年金生活者としての存在。ぞっとする。彼女なら、ときには出かけたくなるだろう。たとえば、イヴェナックの樫（かし）の木を見に。少なくともカリフォルニアの巨木と同じくらい古いはずだ。もっと古いとは言えないかもしれないが。白亜岩や火打石（フリント）を見に行くのもいい。浜辺の散策。どれもさほど遠くない。ダマジカがいる屋外の囲い。白いまだらのある毛皮。

　なぜバスがあそこに停まっているのだろう。道路の真ん中に。青と白のストライプの車体、黒っぽい窓ガラス。あれはまさしくスクールバスだ。どうやら立往生しているらしい。生徒たちが外に立っている。道路脇の色とりどりのアノラック。畑にはケヴィンとその一味。何とも楽しそうな印象。それはそうだろう。やっと事件が起きたのだ。道路でゴム跳びをしている女子生徒までいた。わめいたり摑み合いをしたり。その只中にあって、マリー・シュリヒターがバス停にいるのとまるで変わらない様子をしている。運転手がバスの周りをうろうろしながら、携帯電話を耳にあてている。エレンがそのそばにくっついている。運転手が点検口を開けて、中をのぞきこんだ。あそこにいるのはジェニファーだ。近づいてきて、彼女にむかって手を振り、何か言いたそうにする。やっと反対車線が空いた。スピードを上げて追い越す。

今日はもう終わったも同然。クラスの半分が遅刻するだろう。だが授業の進度はそれでも間に合うだろう。聖霊降臨祭までに、進化を終える。その後は復習とまとめだ。中央が決めたカリキュラムがなくなってしまったのはつくづく残念だ。いまは州ごとに独自の教科書、独自の大学入学資格試験（アビトゥーア）がある。柔軟性というものを誤解しているのだ。バイエルン州では別の自然法則が支配しているとでも。神経系だって中央で制御されるのに。こんなものは自由ではない。めいめいが好き勝手なことをして。昔は進度が遅れても、せいぜい二週間分だった。それくらいならすぐに追いつける。いまは引っ越したら、もう負けだ。もっとも、その点は昔から変わらないのかもしれないが。また車で通勤することにしたのは正解だった。昔はリーゼンゲビルゲ山地までだってヒッチハイクしたものだ。いまはだれもやらなくなった。またああいう旅ができたら。クラスでの遠出。強制的な遠足の日。ひそかに願ったことすらあった。事故。非常事態。回復体位。生きるか死ぬか。だが、怪我人は一人も出ない。救急車もサイレンもない。全員無事。またはもし怪我人が出たとしても、大したことはない。膝をすりむく程度。結婚式までにはすっかり元通り。人間はそんなにすぐに死ぬものじゃない。父親の言葉。とんでもない。父親自身はあっけなく死んでしまった。父はすべてを免れた。いわゆる転換期を。光から顔をそむけて。ようやく救急車が来たときには、すでに手遅れだった。母親はその正反対。何年もの長患い。母親が父親の分まで死んだのだ。後から追加して二倍量で。あの饒舌。もしわたしがいなくなったら。あれは脅迫だ。反論を誘発するための策略だ。人は年をとると皆、気が弱くなるだなんて。死の恐怖の副作用。それまで長年疑問にすら思わなかったことを、突然後悔しはじめる。最後の数メートルで膝を屈し、妥協する。身体の機能がだんだん言うことをきかなくなるというだけの理由で。しなびた手。羊皮紙のような皮膚。

次のバス停が見えてきた。サスキアと、実科学校(レアルシューレ)の男子生徒数名。ヘッドホンをつけ、ポケットに手を入れている。待てど暮らせど、バスは来ない。まだ当分かかるだろう。背後の黒い板小屋が、まるで大きな犬小屋のように見えた。鎖につながれた動物。彼らはまさにそれだった。鎖が届く範囲。動ける半径が決まっている。空間的にも、時間的にも。毎日、毎日。長く待つ間に踏み固められた、砂っぽい地面。いくつか穴が開いている。骨でも埋めたか。

分岐点だ。黄色い矢印が森を指している。ウインカーを出して減速し、道を曲がる。道路は完全に日陰になっていた。冷たい空気。窓をふたたび閉める。トウヒだ。黄色い針のような葉が、森の地面を覆っている。暗い背景に木々の幹が浮かび上がる。額に手をかざして見る。対向車はいない。逃避行。前方への逃避行。何軒か家がある。ひび割れたアスファルト。穴にはまだ雨水がたまっている。農家がまた一つ。売物件とある。円頭石の敷石。最後の村。高い垣根。閉まったカーテン。人気はない。あそこにいた。本当にそこにあの子が立っている。あたりまえだ。ここ以外にどこにいるというのだ。顔を窓に近づける。

ドアを開けた。

「乗りなさい。バスは立往生しているから」

エリカはシートに座ると、リュックを膝の間にぐいと押しこみ、ドアを閉め、シートベルトに手を伸ばした。エンジンが唸りを上げる。アクセルの踏みすぎ。エリカはまったくこちらを見なかった。一言も話さない。白いあざ。ブルーのウィンドブレーカーを、襟元で外側に折り返している。むき出しの首に赤っぽい湿疹。褐色の髪の下で白く光る地肌。エンジンの音だけがひびく。

必要な物はぜんぶグラブコンパートメントと、シートの間の物入れのなかだ。まるでそこに彼女の秘密の何かが隠されているとでも。彼女がエリカに何かしようと企んでいるとでも。入っているのはヴォルフガングの名刺一枚、彼女の重たい鍵の束、咳止めキャンディーだけだった。シーベリー味。未成年者略取。ラジオをつけようか。いや、やめておこう。気が散るだけだ。新鮮な空気。窓をまたほんの少し開ける。息をするための空気。これでましになった。野原のそこかしこに、木がまとまって生えている。

「あれは氷河期の穴です」

よし。ようやくエリカがこちらを向いた。もう彼女のものだ。

「野原に木がかたまって生えて、林になっている箇所があるでしょう、あの窪地は氷河期の名残なんです。氷河が後退していく過程で、部分的に氷のかたまりが残りました。その氷が融けるときに、地面にああいう穴が形成された。または地下に空洞ができることもありました。かつて農業生産協同組合はそういう穴をぜんぶ砂で埋めて、トラクターがまっすぐ走れるようにしました。でもすぐに水がしみ出てきてしまう。なにしろ氷河時代にまでつながっている、非常に深い穴ですから。ちなみに重要な生物空間(ビオトープ)でもあります」

エリカは脛(すね)を掻くような仕草をした。子どものように無頓着に、恥ずかしげもなく。女性の小児性愛ってあるのだろうか。

「ノロジカの子どもは見たことがありますか。野生の」

エリカはわざとらしく窓の外を見た。

「いえ。どうしてですか」ようやく話した。

「私が子どもの頃、ああいう林のなかで、ノロジカの子を見つけたことがあるんです。狩猟小屋の足元の茂みのなかで。目と目が合いました。シカの子と私と。とても綺麗で、すぐそばの、五十センチくらいのところにいました。手を伸ばせば触れたでしょう。赤褐色の毛皮に白い斑点がありました。でも、もちろん触りませんでした。たぶんあなたも知っているでしょう。嗅ぎなれない匂いが子どもにつくと、母親が育児放棄するからです」

エリカは座ったまま、身体をもぞもぞ動かしていた。両膝をぴたりとつけている。もしかして、不安を感じているのだろうか。何しろ彼女はエリカをどうにでもできるのだから。どうにでも、って？　いったい何をしたいのだ。ヴォルフガングの名刺に描かれたダチョウのシルエット。鍵。キャンディー。まだ何も起きてはいない。ここまでだれにも見られていない。彼女はエリカと何をしたいのだろう。森へ、高い足場の上の狩猟小屋へ、沼のなかへ。手をつないで。エリカが望もうと望むまいと。監禁する。放置する。どこかに。ただそれだけ。子どもの誘拐。そもそもエリカはまだ子どもなのだろうか。いずれにしても未成年だ。とくに美人というのですらない。とにかく彼女の手中に委ねられた。ここでだれがだれに罠を仕掛けたのだろう。なぜ彼女は生徒を車に乗せたりしたのだろう。次は何が起こる？　エリカをここで放り出すのはまずい。たぶん思い違いだったのだ。虚偽の事実の告知。協調性不十分。何にも興味を示さない。他の生徒よりましということもない。ただぼんやり前を見つめているだけ。気が抜けたように。何でも言いなり。そうだ、言うことを聞かせてやる！　木に縛りつける。よく見るよう命令する。ちゃんと答えを言わせる。ひょっとしたら、ノロジカの子が通りかかるかもしれませんね。それが答え。もう二度と何も言えないように、猿ぐつわをかませる。そこにただ座っているエリカの様子。呼吸している。まるで何ともないような顔をして。じっさい何もない。もう何も言うことはない。

　窓の外では、まばゆいほどに白い風力発電機が飽くことなく回転していた。湿原には迷子の白鳥が二、三羽。ブナの木立に捨てられたどぎつい色のゴミ、茂みに引っかかったプラステ袋。家庭菜園のならんだ地区では、原種のチューリップが早くも燃えるように咲いている。車のショールームの前ではためいている、いくつもの旗。家々の正面の壁に落ちる、木々の繊細な影。

　教員用駐車場の彼女の区画は、いつものように空いていた。ハンドブレーキを引く。エリカはシートベルトを外し、リュックをつかんで車から降りると、バタンとドアを閉めた。あまりに大きな音。

「おはようございます！」仕上げはこれか。シュヴァネケが赤い自転車に乗って到着したところだった。
「おはよう、インゲ」にんまりと笑う。訳知り顔で。何もかも見られた。車のなか。小さな弱点。もうおしまいにしよう。金輪際。

「おはようございます」今日はやはり最小限のメンバーだ。部隊の残りはまだ影も形も見えない。文字通り途中で立往生しているのだ。もはや授業というより、補習だった。これまで何十年間、インフルエンザ・ウイルスの大群ですらなし遂げられなかったことだ。二、三人が起き上がりこぼしのように立ち上がり、朝の日ざしに目を瞬いている。だが、それも反射のはたらきによるものだった。生物の授業は二人でもできる。

「着席」

規定通りの業務。もう例外は作らないこと。芝居ができるのは、観客の人数のほうが多いからだ。このクラスも、まだかろうじてそういう状態だった。六対一。エリカと町の五人の愚か者たち。舞台の上に立つのは、相変わらず彼女一人。ローマルク先生。さあ、舞台の幕が開く。

「教科書を開いて。百八十二ページ」たった一ページのなかに、彼らのたどってきたものすべてが示されていた。地質年代を通しての生物の行進が、カタツムリの殻の螺旋として、始生代から第四紀へ、無から現代へ、さまざまな発達段階と発現形態において表されている。海綿動物、藻類、三葉虫、腕足類、無脊椎動物、棘皮動物、二枚貝類、苔虫類、頭足類、節足動物、板皮類、プシロフィトン、巨大シダ、ウミイグアナ、巨大トンボ、石炭紀の森、トビトカゲ、首長竜、羽毛のないダチョウ、ノウマ、スミロドン、マンモス、そして原人。

　螺旋の中心に、暗い深淵がぱっくりと口を開けていた。想像を絶する遠い過去につながっている渦、すべてのものを生み出した原始の海の深みへいたる大渦巻（メイルストローム）。生命の起源についてのあらゆる理論と同じように、霧と闇につつまれている。ヘッケルの原始粘液、オパーリンの煮え立つ原始のスープ、フラスコにつめたミラーの原始大気。生命はどこから来たのか。腐泥（ふでい）からわく虫。隕石の衝突。放電、有機化合物、何十億もの単細胞生物、生命の構成要素、時間と空間への跳躍、すべての存在のはじまり。そしてその真ん中に数字が書いてあった。

「三十七億年」

　途方もない数字だ。三十七億。それを口に出そうが出すまいが同じ。あらゆる想像を越えている。どう頑張っても無理だ。

　カリキュラムには、各時代区分の感覚を身につけさせること、とある。誕生日が来るたびに大騒ぎする人間なら、地球の年齢にも興味をもつとでも。自分の一生がどれほど刹那（せつな）であるか、自分の存在がどれほどちっぽけか、一瞬一瞬がどれほど些細なものか。それを理解するには、彼らは未経験すぎた。彼らは何もわかっていなかった。

　太古と聞いて、彼らは咆哮（ほうこう）する恐竜や、光る牙をもつ毛むくじゃらのゾウ、死闘をくりひろげる巨大な恐竜のことしか考えない。ゴルディアスの結び目のように、互いの背中に食らいついている二頭の陸生爬虫類。冬景色のなかでマンモス狩りをする好戦的な穴居人。毛皮に身をつつみ、焚火（たきび）

のそばで何かを彫るネアンデルタール人。数百万年単位で物事を考えるということを、彼らはけっして学ばないだろう。身のまわりにあふれている生命すべてが、気の遠くなるほど長い時間をかけて積み重ねられてきた、ごく小さな歩みの結果であることをけっして理解しないだろう。予測のつかない、持続的で長期的な変化のプロセス。この目で見ることも、体験することもできない。ただいくつもの証拠をパズルのように組み合わせて、苦労して解き明かすことしかできない。そこでは数字も役に立たない。それがめまいのするほど長い数字の列であったとしても。それは終着駅だ。知力もここで降りるしかない。想像力をもってしても、それ以上先には進めない。想像力なんかじゃとうてい太刀打ちできない。

「多細胞生物が出てきたのは、ほんの五億年ほど前のことです。それ以前の生命体は単細胞でした。三十億年の間、地球にはバクテリアに似た、ごく単純な生物だけが住んでいたのです」今日にいたるまで、もっとも大きな成功をおさめている存在形態。寄生を基本とする生物、永生菌。世界の真の支配者だ。バクテリアとウイルスはその間ずっと、それ以上進化する必要がなかった。彼らは不死身で完璧だからだ。脳も神経もない。完璧なものだけがもはや進化しない。進化とは、不完全さのあらわれに他ならない。受精卵からいくつもの段階を経て死に至るまでの、一個の生命体の一方向への不可逆的な変化。人間が学校に行かなくてはならないということ自体、その設計が不十分であることを表している。他のほとんどすべての動物は、誕生と同時にすでに完成している。生きるための準備ができている。十分な力が備わっている。生まれて数時間で、もう自分の脚で立つ。それに対して人間は一生、未完成のままだ。欠陥品。発育不全。生殖能力のある、生理学的早産児。

生まれながらに準備が整わない。ようやく最後になって人生が完成する。学ばねばならないことが無限にありすぎて、年をとってしまうのだ。

「宿題は、動物と植物をそれぞれの時代区分に分けてくることでしたね。ではフェルディナント、オルドビス紀はどうでしたか」

フェルディナントは咳払いをした。ようやく待望の声変わりが来たようだ。「最初の脊椎動物と、無顎類と……」

「ちゃんと文の形で答えてください」

「ええと……最初に脊椎動物、無顎類の魚類、二枚貝類、サンゴ、ウニ。それから藻類……」

「相変わらず文の形になっていませんよ」

「……藻類が繁栄しました」

「クラゲを忘れていますね。クラゲも繁栄しました。忘れないように。オルドビス紀の海は、光るクラゲでいっぱいだったのです。カンブリア紀からすでにそうでした。廊下に貼ってあるようなクラゲです」

「はい」従順なポニーのように頷く。

「では次に、石炭紀はどんな様子だったでしょう、アニカ」知ったかぶりのお嬢さんがしびれを切らす前に。

「石炭紀には、広大な原始森ができました。そこにはシダ類、高さ四十メートルのヒカゲノカズラ類、高さ十メートルのトクサ類が生えていて、巨大トンボもいました。それから原始爬虫類も生まれました。それには両生類のイクチオステガも含まれます。陸に上がった最初の脊椎動物です。それは……」

「どうもありがとう。その辺でけっこう」

この子は本当に癌だ。自分の行動がつねに正しいと思い込んでいる人間ほど、耐えがたいものはない。

「では、白亜紀は？」

教室を見回す。もうほとんど残っている者はない。

「ヤーコプ」

今日はベストを着て、まるで彼自身の写し絵のようだ。

「常緑の……」廊下にバタバタと足音がひびいた。ドアが勢いよく開き、国道にいた集団が教室になだれこんできた。上着の前をはだけ、カバンを手にもっている。顔を輝かせ、髪はぐしゃぐしゃ、まるで登山でもしてきたようだ。

「席について、静かにしなさい。おしゃべりなら休み時間にできるでしょう」

「では、ヤーコプ！」

軽い咳払い。じっとノートを見つめる。「常緑の広葉樹林の成立、鳥類の進化、恐竜の繁栄」

「で、それらは最後にどうなりましたか」

「絶滅しました」彼の声は淡々としつつも、たっぷり同情が込められていた。まるで葬儀屋のように。

「その通り」これまでに地球上に存在したすべての種の、九九パーセント以上が絶滅した。それなのに皆、あのばかみたいに巨大な、重さ四十トンもある生き物のことしか考えない。テニスボールのように小さな脳の、自分の体温を調節することすらできない生き物。

「そうです、まさに大量死です。すべての動植物のうち、四分の三の種が消滅しました。しかし皆さんも知っているように、ある生物の死は、別の生物の誕生のときです。そして生物が絶滅するということは、生物の系統進化の過程における、きわめて重要な特徴の一つなのです」生命の歴史とは、基本的に死の歴史だ。そしてあらゆる戦争、あらゆる大災害は新しいものの始まりだ。

教室を一周する。窓の外に、栗の木の樹冠が見える。いまにも開きそうな芽。何本かの枝ではもう小さな光る葉が衣を脱ぎ、生まれいずる労苦に疲れはてて、力なくうなだれている。

「というのも、恐竜の敗北によって初めて、哺乳類が脊椎動物の代表になったからです。哺乳類の凱旋行進の始まりです。毛皮と恒温の血液をもつこと、卵生ではなく胎生で子どもを産み、その子どもを乳で育てることが、にわかに有利になりました。硬い卵の殻よりも、分厚い母胎のほうが、子どもをより安全に守れる。巣を盗まれる心配もない。ですが母親自身はもちろん、他のどんな種類の動物よりも危険にさらされます」母親の死亡率。生命の危険をともなう出産。産褥死（さんじょくし）。妊娠は毎回リスクだ。大きな変化が母体を弱める。血液循環は共有される。嗜好品の過剰摂取は、胎児を危険にさらす。出産はまさに重傷を負うようなものだ。出血量だけを考えても。それに比べれば排卵など朝飯前だ。マルタおばさんは亡くなった。五人目の子を産むときに。だが当時は子どもも、三人に一人が乳児の段階で死んだ。初期の淘汰。

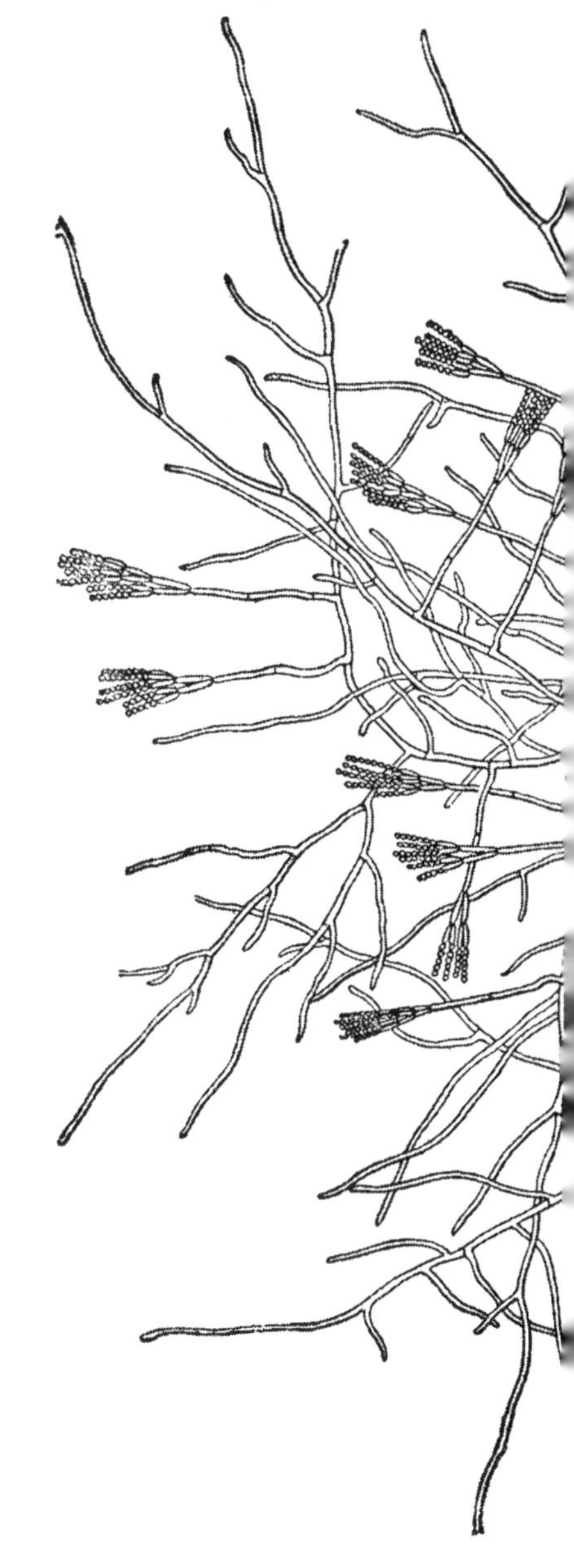

「生存競争に勝ち抜いたすべての生物の陰に、勝ち抜くことのできなかった無数のライバル生物が隠れているのです。私たちがここにいるのは、他のたくさんの生物が道の途中で立往生したからに他なりません」何週間か前、市バスに乗っていた男が脳卒中を起こした。男は一日中、ゴミ集積場のそばにある終点と町の小さな港の間を何度も往復した。ようやく夕方、バスを車庫に入れるときになって、運転手が男の様子を見に行った。すでに何もかも手遅れだった。十二時間、死にかけた状態でバスに揺られていたわけだ。めいめいが自分で自分の世話をすれば、全員の世話が足りるというものだ。

「生物が死ぬと、通常は腐敗が始まります。ダニ、ワラジムシ、その他多くの微生物が死骸を分解します。ですが、ここでもっとも大きな役割を果たすのはキノコ、つまり菌類です。菌類は動物にも植物にも属していません。非常に早い段階で、他の生物から分岐しました。菌類だけで独自の世界をもっています。第三の生存形態なのです」私たちと同じ、単細胞生物の子孫。原始大陸の開拓者。

「ここで言うのは、皆さんが夕飯にフライパンで焼いて食べるアンズタケや、品種改良されたマッシュルームのことではありません。毎日出るゴミや動物の死体や枯れた植物がふたたび分解されるように、手助けしてくれる生物のことです。どんな物でも、いずれかの菌類によって必ず分解されます」彼らは他の生物の残骸を利用すること、他の生物が死滅した後に残された物からのみ養分を吸収することに、完全に特化している。消化器官も神経器官ももたないのにだ。彼らの役割の重要性は、いくら評価しても足りない。分解者である彼らこそ、生物の基本法則をもっとも端的に体現しているのだ。他者の死によって生きるということ。もちろんすべての生物はそうして生きている。それは生きとし生けるものの法則であって、高度に進化した生物でも同じだ。ところが、それはタブーになっていて、だれも認めたがらない。

「もっとも、ごくまれに腐敗を免れる生物もいます。その遺骸は地層のなかに埋もれ、地質年代をまたいで保存され、当時の姿を後世に示してくれます。たまたま発掘の際に見つかればの話ですが」選ばれざる代表者、その種の代理人。銀色に光る粘板岩（スレート）中の太古の十脚目（じっきゃくもく）、粘土層に埋もれた黒っぽい球果植物、エナメル陶器のような分厚い鱗（うろこ）をもつ原始魚。石灰岩の地層の間で、乾いた押し花のようになっている。時の重みに押しつぶされ、もはや自分自身の影だけになっている。退色した身体。干からびた死骸。つぶれて一枚の絵になった。真の芸術。子ども時代の宝物。母親がユーゴスラビアから持ち帰ったウニの化石、透明な琥珀（こはく）のなかに閉じ込められた蚊の脚。活字箱に入れたたくさんの矢石（ベレムナイト）の化石。絶滅したイカの残骸だ。ウサギの糞のように小さくて黒くて丸い、第三紀の果実から、シベリアの北氷洋沿岸にそのままの形で保存されたマンモスまで。冷凍状態の、完全に死んだマンモス。いつかクラウディアと一緒に、あの映画を見たのではなかったか。流氷に閉じ込められ、何十年後かに解凍されて生き返る男の物語。人々は彼のために、わざわざ昔のままの生活をしなければならないのだ。薄い口ひげを生やし、張り骨入りのスカートをはき、公園で馬車に乗る。テレビはアンティークの戸棚に隠す。

「化石があるからこそ、私たちは過去の生物について知ることができるのです。化石は進化の過程を示す、もっとも重要な証拠です。化石は種の可変性について、それらの共通の祖先について、ごく小さな一歩がもっている途方もない力について教えてくれます。想像もつかないほど長い時空を越えて、事実を教えてくれるのです。あらゆる生物は互いに親戚で、他と無関係の生物はなく、たとえそうは見えなくとも、すべての生物は一つにつながっているという事実を」数字も公式も実験もない理論。その理論を理解する者は、生命を理解し、世界の謎を解いたことになる。カトゥナーがそういう説教をすればよいのに。

「化石が進化の証人なら、中間型生物は進化の重要参考人です」状況証拠による裁判。だが、訴訟は長引き、証拠調べはけっして完結しないだろう。再三にわたって新たな太古の痕跡が発見され、予想外の証人、あり得ない生物が登場するだろう。白亜紀に絶滅し、死者たちのなかから蘇ったシーラカンス。まるで空想の動物のような、異種の動物のさまざまなパーツを寄せ集めたかに見えるカモノハシ。母乳で子を育てる単孔類(たんこうるい)、早い段階で別の道を行った独行者、ありとあらゆる種を結びつける生きた絆。頭と胴体と尻尾の組み合わせを何度でも変えられる、子どもの絵本から出てきたような動物だ。小さなボタンのような目、ちっぽけな耳の穴、アヒルのくちばし、水かき、ビーバーの尾。何もかもちぐはぐなのに、本当に実在する。大きな茂みの陰で枯れてしまった枝なのか、それとも系統樹の太い枝、決定的な分岐点なのか。健全な人間の理性にたいする侮辱。

教室の後ろの壁に最近貼られた、カラフルな元素周期表が目を引いた。いくつかの小さな枠のなかに公式がつめこまれている。小ぎれいに、きちんと整理されて。人間はいまだに採集者なのだった。ヒト属のなかで生き残った唯一の種。自然があたえてもいない秩序を、後付けで作り出さずにはいられない。生きていくための戦略は二つある。生をそのまま受け入れるか、生を理解しようと

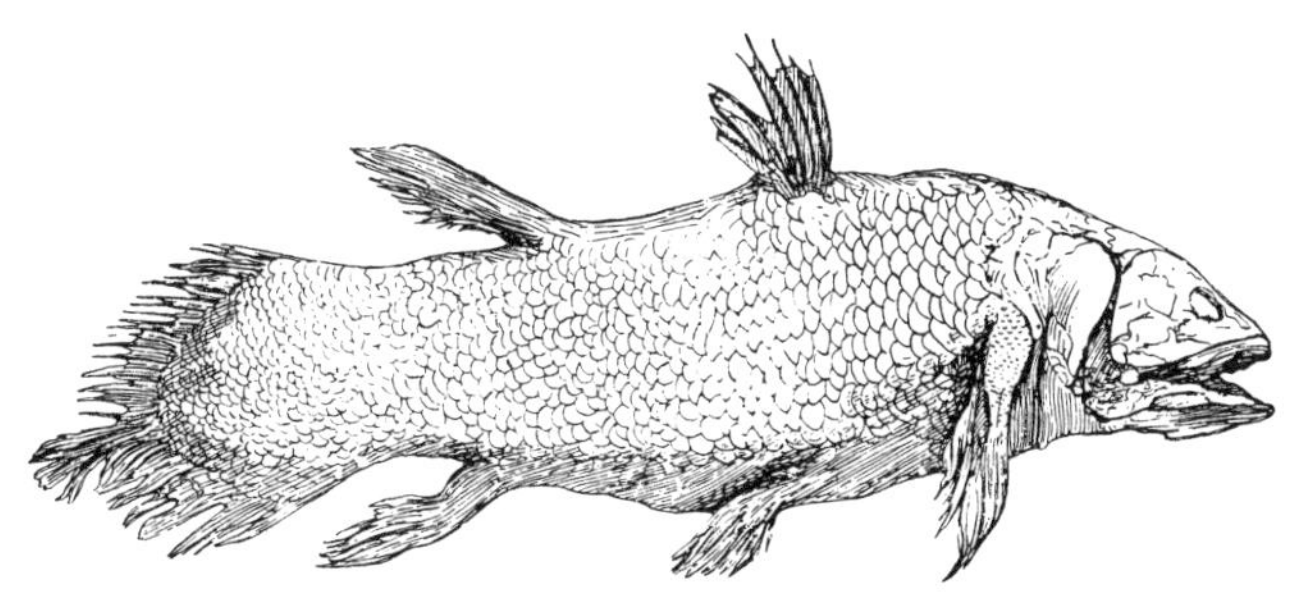

努力するかだ。全体の見通しをつかむ。闇に光をもたらす。藪（やぶ）のなかに道を拓く。発掘された化石の鎖の方々にある切れ目をつなぎ、動物の綱（こう）と綱の間の隔たりに橋をかけなければならない。枝のからみあう大きな藪。系統進化の歴史を、もう一度書きなおしたいと願う。二つの種の間の失われた共通の祖先、欠けているつなぎ目（ミッシングリンク）、クジラの始祖、海に帰った陸生生物を見つけ出したい。少なくとも何を探せばいいのかはわかっている。すべては明らかだった。ただ発見されていないだけ。根拠となる証拠がまだ隠されているというだけ。

　新たに組み立てられた化石の破片。いくつかの骨にスポットライトがあたる。笑いを浮かべる頭蓋骨がだんだん大きくなる。脳の容量が、また数立方センチメートル分増える。あらゆる臓器のなかで最上位の、危険なほど過大評価されている臓器。人類の進化を示す四体の哺乳類骨格。サルに似た祖先。立ち上がり、毛皮を脱ぐ。木登りの能力と引き換えに、二本の脚で立つ。平べったい二つの足。代わりに両手が空く。手を使って仕事ができるようになる。眉の上の隆起。幅の広い顎。全身の毛を剃ったサルの姿。まるで老人のように見える。現存する唯一の私たちの親戚。鏡の前のチンパンジー、霧のなかのゴリラ。ひょっとしたらサルは私たちから生まれたのではないか？　骨の化石をのぞきこむ捜査員。その後の足取りは闇のなかだ。女性の名前を付けられた骨格たち。全身骨格の約半分が残るルーシー。化石のイーダは、キツネザルに似た原始哺乳類だ。湿った鼻、猫のように長い尾、吸血鬼のように縮こまった手をもつ小型霊長類。背中を丸めてうずくまっている。胎児の姿勢。そういう状態で発見されたのだ。小さく丸まって。飢えたように、みじめな様子で。これが探し求めていた祖先だろうか。あれほど待ち焦がれた祖先なのだろうか。いや、遠縁の大叔

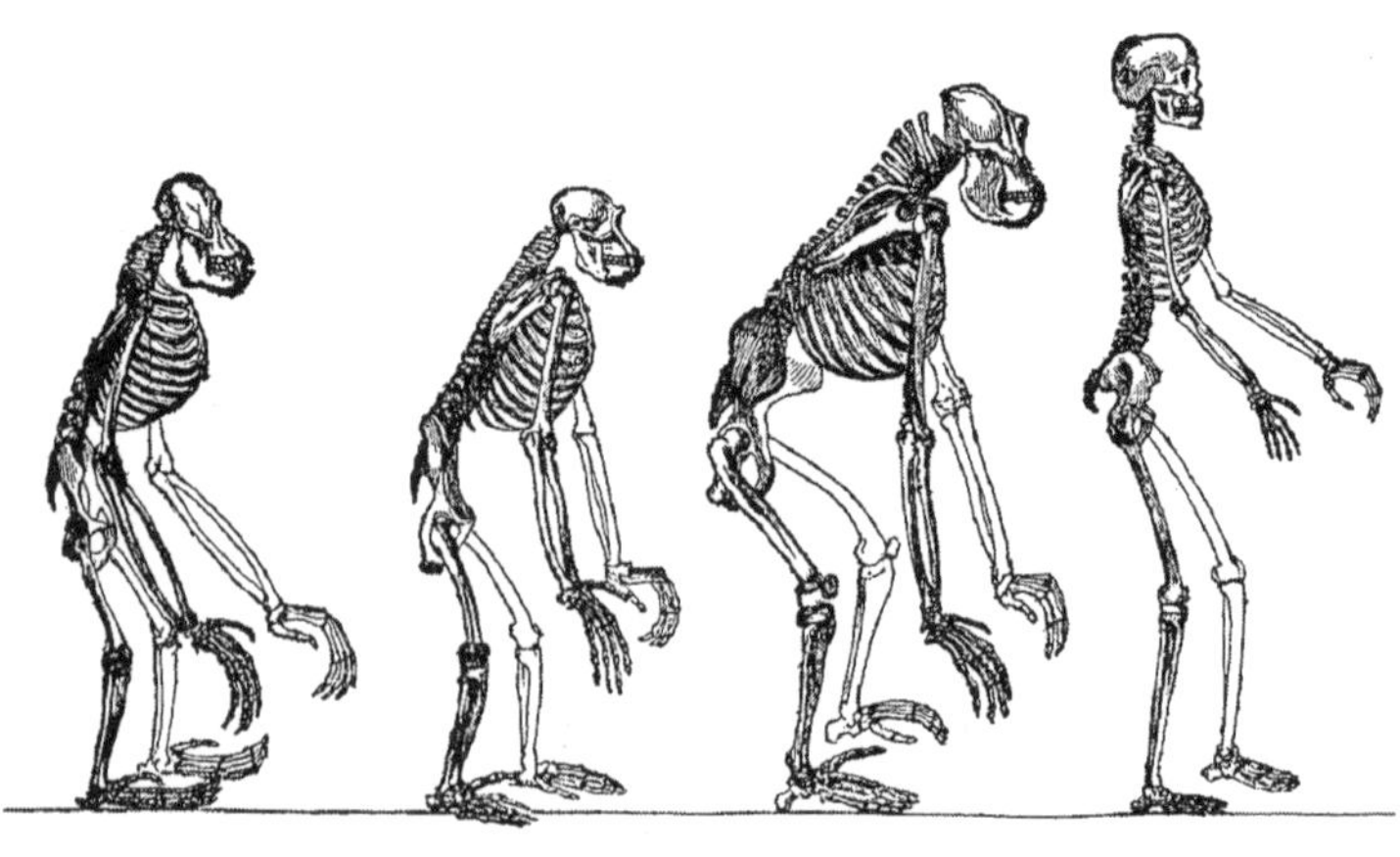

母ですらない。間接的になら、私たちはかつて地球上に存在したすべての細胞のかたまりと親戚だ。

「教科書を一ページめくってください」そこには始祖鳥（しそちょう）がいた。羽毛をまとった爬虫類、あの有名な中間型生物、今日二つに分かれている綱の間のつなぎ目。折れた脚、広げた羽。二つの翼、後ろに曲がった首。まるで轢（ひ）かれたようにぺたんこになっている。彼女はそれを見たことがあった。ベルリン標本。あらゆる化石のなかでもっとも有名なものだ。博物館で、ガラスごしに。子どもが訊いていた。「あれ、天使？」

「始祖鳥、アーケオプテリクスは二つの動物の綱の特徴を示しています。羽毛はありましたが、くちばしはなく、代わりに歯の生えた顎をもっていました。鉤爪の付いた足、貧弱な胸骨、尾までつながっている脊柱。大きさはハトより大きくはありませんでしたが、飛ぶ能力はせいぜいニワトリくらい。木の幹に鉤爪でしっかりとつかまって、時々急降下したり、または枝から枝へ飛び移ったり。本当に飛翔と呼べるものではありませんでした」最初の鳥というよりは、鳥の前段階だ。羽毛をもつことには、まださほど大きな意味はなかった。すべての鳥が、翼のある前段階を経験した。進化の歴史からすると、アーケオプテリクスは飛行能力以前の鳥であり、ダチョウは以後の鳥だ。飛行反射はまだ残っているものの、飛翔の際に空気を切るのに必要な硬い風切羽が欠けていた。

「系統進化の痕跡は、もちろん人間の身体のなかにもあります。それは小さな、一見重要でない細部に現れます。虫垂。尾骨。親知らず」退化した器官、無用の特徴。ほとんど害もなさず、ずっと一緒にくっついてきた。人間が獣だった過去の名残。化石はいわば身体のなかにも埋まっているのだ。人類の祖先は私たちのなかに棲んでいる。

「先祖返りが起きることもあります。過去が人間に追いついてくるのです。まれに、人類が遠い昔に捨ててきた特徴が急に現れることがあります。たとえば、胸の上側と下側にも乳腺がある人や、犬や猫のように先のとがった耳、お尻の上にまるで尻尾のように出っ張った尾骨をもっている人もいます」

信じられないという目つき。おとぎ話だとでも思っているのだろう。だが、それは真実だった。私たち全員が通らねばならならない道。まだ生まれる前に、母胎のなかでだれもがそれを経験しなければならない。三百七十万年の、苦労にみちた人類の進化の全過程を、九ヶ月の間に。私たちの骨格のなかにつまっている、この全荷重(バラスト)。私たちはパッチワーク、すべての過去の部分をつなぎ合わせた総体だ。無駄な特徴だらけの、うまく機能しないことのほうが多い、その場しのぎの応急品。私たちは過去をひきずって歩いている。過去が私たちを今日ある姿にしたのであり、大事なのは過去と折り合いをつけることだ。人生は闘いではなく、重い荷物だ。人はそれを担わなければならない。あたうかぎりにおいて。生まれて最初に息をした瞬間から。人間はつねに課題を背負っている。人は病気で死ぬのではなく、過去のために死ぬのだ。私たちをこの現在に合うように準備させなかった過去のために。

「解剖学的には、私たちはいまだに狩猟者であり採集者です」小さな集団でサバンナをうろついていた旧人。人類はまだ、今日の時代に適応できるまでにはほど遠い。いまだに旧石器時代にひっかかったまま。びっこをひきながらついて行っている。ようやく私たちの子孫の代になって、この現在に見合うまでに成長するだろう。けれども彼らもやはり、まったく別の世界に暮らすことになる

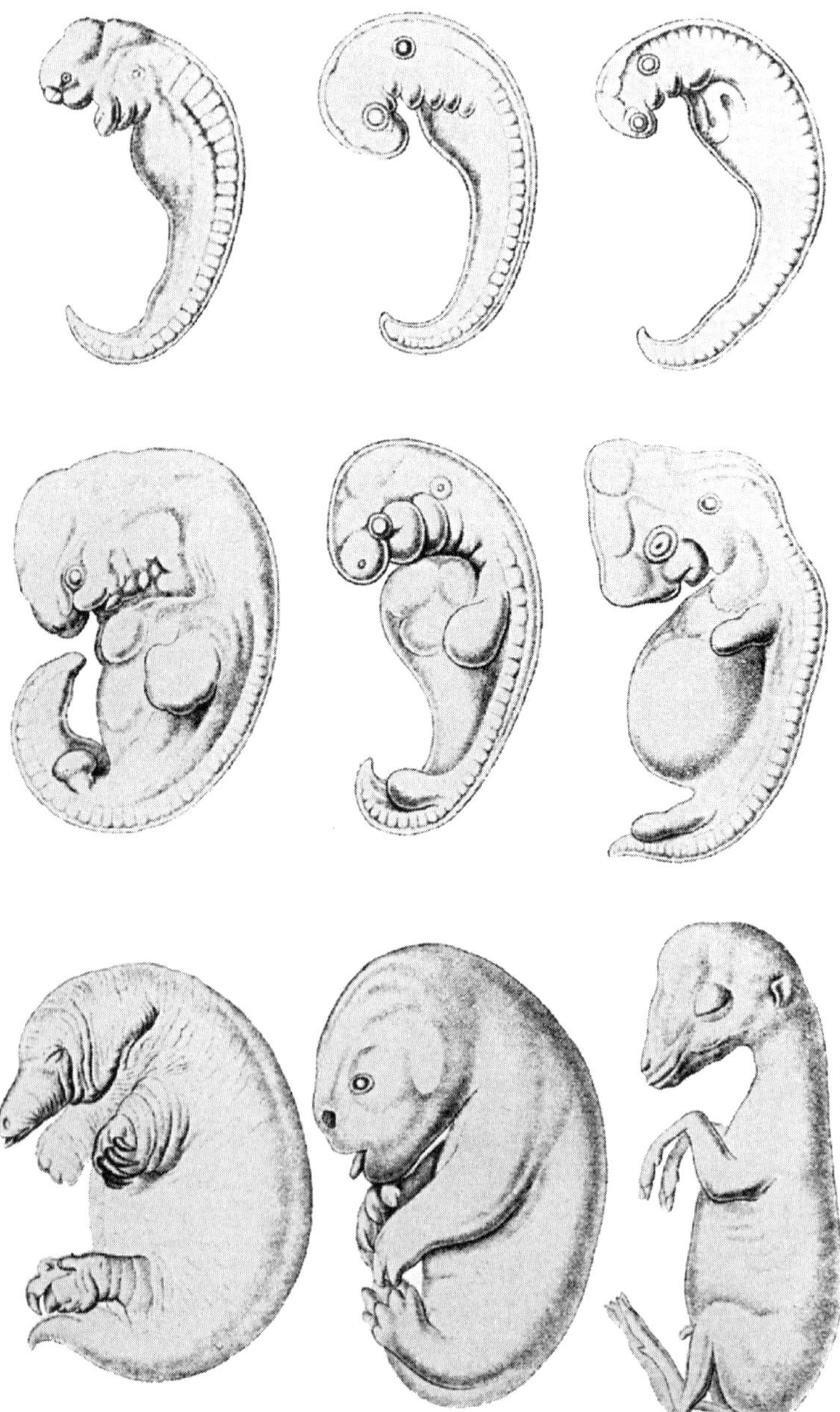

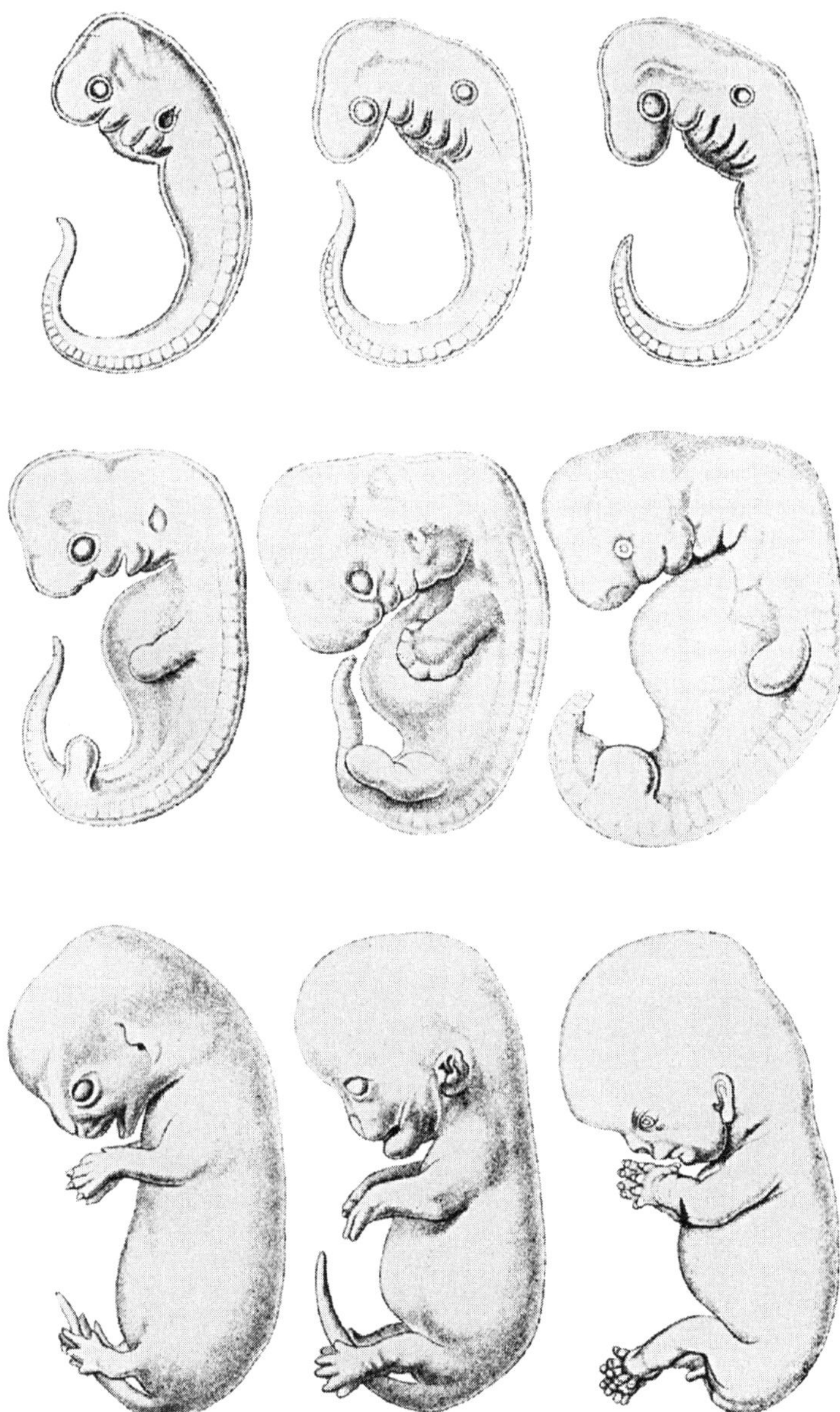

だろう。私たちにとっての石器時代の穴居生活と同じくらい異質な世界に。外では木の枝が風に揺れていた。トラクターが通り過ぎ、アスファルトに土のタイヤ跡を残していく。彼女は子どもの頃、いつか他の子たちに追いつけると信じていた。あと二年待ってなさいよ、そしたらあんたと同じ年になるんだから。

絶望した教育実習生。泣きながら教室から駆けだし、トイレに閉じこもる。泣きじゃくり、くずおれる。燃え尽きたベルンブルク。何週間も前から体調不良で休んでいる。勝ち誇ったように診断書を提出する。何を大げさな。だれだって燃え尽きたことくらいある。最前線の任務には付き物だ。強さが足りない者は、長くは持ちこたえられない。あの時はきつかった。大学四年の終わりの教育実習。氷のように冷たい水に飛び込むようなもの。最後の仕上げに、新米教師が解き放たれる。獣の群れは不安を嗅ぎつける。彼らは毎週何かしら新しいことを思いついた。権力をもっていた。つねに数の上で優勢だった。こちらは一人で黒板の前に立っている。初めのうちはまだ、彼らの笑いの輪に自分も加われるかもしれないという期待がある。むこう側に行けるかもしれない、彼らの一員になれるかもしれない。しかし、彼女はすぐに学んだ。自分の名を刻まなければならないことを。前方への逃避。なぜなら彼女は黒板の前、生徒たちの前に、つねに一人きりで立つことになるのだから。教室のドアは閉まっている。四十五分間は非常に長くもなり得る。それにまず耐えきらねば。じっと注目している。こちらが失敗するのを見ようと、彼らは執拗に待ちかまえている。ミスを犯した者は、永遠に敗北する。そういうことに関しては、彼らの記憶はゾウなみだ。群れの仲間は情報網を張りめぐらしている。噂は本人よりも先行する。とにかく失敗しないこと。何より重要なのは、最初から厳しくあたることだ。手綱をゆるめるのは後からでもできる。少なくとも理論上は。情に流されないこと。断固とした態度をとること。例外を認めないこと。お気に入りの生徒をもたないこと。予測不可能な人物だと思わせておくこと。生徒は天敵だ。学校という組織のなかの最下層だ。ローマルクの名は、どの生徒にもすぐに知れ渡った。

「たとえば、しゃっくりを考えてみましょう。これは鰓呼吸の名残に他なりません」

彼女は自分の胸骨のあたりを軽く叩いてみせた。

「最終的な仕上げは多様かもしれません。しかし、設計図はいたって単純です。植物の花弁は五枚か六枚、陸生脊椎動物の指は五本です」脊椎動物というのは、虫を逆さまにしたものに他ならない。腸を前へ、神経系を後ろへ移動させたのだ。外側が柔らかいのは、内骨格をもっているから。人間は左右相称動物だ。二つの目、一つの心臓。脊柱はあるが、筋が通っていない生き物。もう一度初めからぜんぶやり直さなくてはならないだろう。だが、それができる者は一人もいない。その点だけは公平だった。その事実がばれれば、規律も何もおしまいだ。皆がぞくぞくと見物しに来て、彼女をインゲと呼ぶのだろう。三十年の教歴など何の意味もなくなる。厳密に言うと三十年と半年。

彼女は投影機を教卓の正面に移動し、ガラス面の上にシートを載せた。ランプの光が弱すぎ、日の光は明るすぎた。カーテンを少し閉める。レンズがシートに描かれた図だけでなく、台の上にたまっていたチョークの粉まで拡大する。始終あちこち拭かなければならない。これではっきり見えるようになった。モノクロの図が六つ。ノロジカに似た動物が、木から葉を食べている。大きな四角い模様、長い首。その首は図ごとに長くなっていく。すっかりキリンの姿になる前に、二頭の首の短い動物がサバンナの草原に寝そべっている。

「知っての通り、キリンはアフリカ内陸部のサバンナに生息しています。サバンナには短い雨季と長い乾季があります。土壌は乾燥してやせているため、地中深くに根を伸ばす木々だけが葉をつけます。その葉はキリンにとって、しばしば唯一の栄養源になります。首を伸ばすと、キリンは約六メートルの高さまで届きます。前脚は後脚よりも長く、首は非常に長くなっています。頭部は細長く、舌も同様に非常に長い。彼らの身体全体の構造は高度に特殊化しています。何もかも、まるで高い木の枝についた葉を食べるためにつくられているように見えます。しかし、キリンがどのように……」

コンコンという音。廊下にだれかいるようだ。

「……キリンがどのようにしてこの長い首を獲得したのかについては、じつにさまざまな……」

まただ。ドアのところだ。一体何だろう?

「どうぞ!」大きく力強い声で。

ドアが勢いよく開いた。カトゥナーだ。そこに立っている彼の様子。ほとんど儀礼的といってもいい。青ざめた顔。教室に入ってきて立ち止まると、クラスにむかって頷いてみせた。全員がにわかに背すじを伸ばす。

「失礼します、先生」

生徒の前なので、丁寧な言葉遣いで話しかけてくる。憂わしげなまなざし。いったい何の用だ?何か知っているのか?

「授業中に」咳払いし、手を口元にあてる。「……授業中にお邪魔して、まことにすみませんが……」

「はい?」

彼の先手を打つのだ。生徒たちの前ではだめだ。何も気取られないように。ここは彼女のなわばりだ。投影機のブーンと唸る音。とても静かだ。両手で教卓の角をつかむ。塗料が剝がれている。

「……ちょっと一緒においでいただけますか」

手を離す。

「もちろんです」

だが、カバンは持っていく。確実なものなど何もないからだ。そのまま後につづく。背すじをぴんと伸ばして。頭を高く上げて。とにかく何も気づかれないように。確実なものなどない。待っているカトゥナーの様子といったら。頭を低くしている。彼女に先へ行けというのだろう。まるで連行だ。じっさいそうだった。どうしてわかったのだろう。カバンのファスナーを閉める。キリンのシートをもう一度まっすぐに直す。そしてドアへ。

ひそひそ声がする。小声で話す者は嘘つきだ。

「静かに自習すること。すぐに戻ります」

どうせ長くはかからないだろう。いや、それとも。何もかも終わり。二度と会うことはない。ドアを閉める。

「何なの?」

「まあ、待ちたまえ」

廊下の壁のクラゲとスイレン。彼女はカトゥナーの後から階段を下りていった。待ちきれないような速い足どり。彼女の顔を見ずに、ドアを開ける。暖かいとはとてもいえない。上着を羽織ってくるのだった。新鮮で冷たい空気。首のあたりがとても寒い。カトゥナーが先に入る。スピーチを禁じられて以来、エネルギーを持て余しているのだ。保護者会のときにクレームが出て、その後教育庁から指導が来た。休み時間の短縮は認められないと。何かが起こったに違いない。地域学校（レギオナルシューレ）で昨年度、停職になった教師が一人いた。音楽の授業でナチス時代の兵士の歌を歌ったのだ。酒も入って、青少年にふさわしくない行為があったのはまちがいない。カトゥナーの頭の禿げた部分。首すじの縮れた毛。ひょっとして電話があったとか。海の向こうから。いまは真夜中のはず。身代金。森に残された痕跡。

カトゥナーが奥のドアの取っ手に手をかける。厳しいまなざし。相変わらず深刻な表情。彼はドアを開けた。そこにエレンが座っていた。机の前の椅子に。腕がぶらりと下がっている。乱れた髪。角ばった顔。泣きはらした目。この子の存在をすっかり忘れていた。絵に描いたようにみじめな姿。

カトゥナーはジャケットを脱ぎ、コート掛けにかけた。腰に手をあてる。演説の姿勢だ。

「監督義務ということについて、きみは聞いたことはあるかね？」

彼は膝をつくと、エレンをのぞきこんだ。

「エレン、彼らがきみに何をしたか、話してごらん」

まるで命令されたように、エレンは泣きはじめた。

カトゥナーはふたたび立ち上がり、溜息をついた。

「もういいんだよ。外で待っていなさい。今日はもう教室に行かなくていいから」

エレンは足を引きずるように出ていった。アノラックに緑色のすじがついている。

カトゥナーはエレンの後ろでドアを閉めると、首を振った。

「あの子はひどいショックを受けている」彼はカーテンを開け、窓を少し開けた。こちらを振り向いて、息を吸う。

「きみは自分のクラスで何が起こっているか、わかっているのかね？　あの女子生徒は何週間も、ことによると何ヶ月も前から、執拗ないじめ、いやそれどころか暴力を受けていたんだ」

カトゥナーは座った。本当に衝撃を受けているようだ。「私は彼女を男子トイレで見つけたんだ。ひどい状態で。きみには想像できまい」繊細な葉のむこうに、黒々とした濠が見える。環状通りにならんだ家々の正面の壁が、日ざしで黄色く光っている。やはり解体されることになったのだろうか。

カトゥナーはふたたび立ち上がり、彼女に近づいた。

「で、きみは？」腕組みをする。「これについてきみは、まったく何も言うことはないのか？」

何とか一軒でも残せないかと、年配の女性たちがあそこに引っ越してくるよう説得されていた。強要された共同生活。とはいえ老人ホームよりはましかもしれない。

「いったい、いつからなんだ？」

「何が？」

カトゥナーは本気で怒りだした。

「きみのクラスの女子生徒が、何週間も、何ヶ月も前からクラスメートにさんざん苦しめられていたんだぞ。なのにきみは、何も気づかなかったというのか」

ここは東なのだと、いまだに感じる。五十年後も変わらないだろう。一つの関係を消化するには、その関係がつづいた時間の倍の時間がかかる。

「おい、聞いているのか」

もちろん、彼女は聞いていた。一字一句。大災害ではない、小隕石の落下ですらない。ただの脱落。必ずだれかしらそういう目に遭うものだ。集団力学。彼女はすべて聞いていた。

「きみのクラスの雰囲気は最悪だ。きみが適任でないことは、私もわかっていたはずなのに。ぜんぶ報告書に書いてあったんだから。板書に偏った授業。社会的能力の欠如。頑なな性格。だが私は思った。古い鉄は硬いんだと。きみが最後までここに残れるよう、とりなしたことさえある。だが、もうこれまでだ。責任をとってもらう」

航空写真が壁に飾られていた。緑のなかに、二つの建物のアルファベット。くねくねと蛇行する濠。臍(へそ)の緒(お)のようだ。溜まった水。海に通じていない。汽水は悪臭を放つ。ヴォルフガングと別れるには遅すぎた。

「もう行っていい」

廊下はまだ空っぽだった。授業時間は永遠だ。無限につづく四十五分間。来週の担当表。ベルンブルクのところが抜けている。自殺もほのめかしているらしい。当分の間、病欠。まただ。すべて空欄。責任か。彼の主張する正義。それがやつらのやり方だ。ここは私たちの領分なのに。ぜんぶ彼の規則だ。いいから落ち着いて。嵐の前の静けさ。嵐の後の静けさ。自分の足音がひどく大きくひびく。規定が何だというのか。終着駅。それは彼女のやることではない。彼女に何の関係がある？　何の関係もない。自分の責任は自分でとるものだ。どこかで子どもの声がする。もちろんそれは彼女のせいだった。さて、どこへ？　戻るのだ。教室へ。授業をつづける。職務と規定。それ以外に彼女に何が残っているというのか。何も残らない。すべてのものは消滅する。遅かれ早かれ。たいていは突然。今回のように。

外の壁に描かれたロケット。高く打ち上げられる。相変わらず耐えがたいほどの青い空。厚く白い雲。通りの側ではライラックの花がもうじき咲こうとしている。乾いたかんしゃく玉のようなセッコウボクの実。エレンがベンチに座っている。敷石の隙間に落ちたタバコの吸い殻。専門教室棟。美術室の窓には絵が描いてある。

階段を三段上っただけで息が切れた。彼女の体力はどこへ行ったのだろう。クラゲたち、いつもながらきらめくような、この世のものならぬ美しさ。トイレの水を流す音。ケヴィンの声。大きな笑い声。彼女が生物室に入ると、急にしんと静かになった。

そこにふたたび彼らはいた。黒板の隣の、向かい合う二つのキリンの群れ。長い首対短い首。どちらが勝つか。キリンになる。奇跡の獣に。頭は心臓の二メートル上だ。非常に強い心臓にちがいない。この首を通して何リットルもの血液を脳に送りこめるのだから。首の骨は七個しかないが、それで何メートルもの高さに達する。いちばん背の高い陸生哺乳動物。正しい戦略。すべてのことには結果が、責任がともなう。休み時間まであと五分。まだ授業時間だ。よし、けっこう。

「見ての通り、背の高い木の葉を食べるためには、キリンの祖先はもっと長い首が必要でした。むしろレイヨウかシカのような姿だったにちがいありません。干魃(かんばつ)の時期に、彼らがアカシアの木の下に立って、首を伸ばしているところを想像してみてください。空腹のあまり、後ろ脚で立ち上がったり、高く跳ぼうとしたりしたかもしれない。生まれつき首の少し長い個体のほうが、生き延びるチャンスが大きかったのは明らかです。より長い首をもつ個体は、より長生きしたということです。そして長く生きれば生きるほど、それだけ子孫を残せる可能性も大きいということです。多くの個体が――あまり首の長くない者も含めて――その葉を食べようと努力したことでしょう。すぐ鼻の先にある目標を達成しようと、皆が精を出します。毎日葉っぱにむかって首を伸ばす鍛錬をするうちに、やがてそれが習慣になります。その習慣が徐々に、しかし確実に、彼らの生き方になります。そしていつかそれが報われるときが来るのです。彼らの子どもか、子どもの子どもの代になって。首は長くなります。徐々に、しかし継続的に。少しずつ。そしてこの辛抱強い、何世代にもわたる努力自体ももちろん子孫に受け継がれ、子孫がまた努力をつづけます。次から次へと進んでいきます。そうしてキリンは長い首を獲得したわけです。一方その他の、努力が足りなかった者たちは、短い首のまま、みじめに死にました。私たちは皆、まわりの環境によって努力を強いられています。なかなか手の届きにくい葉っぱや、非常に高い木の枝になっている果実をとろうと努力します。私たちははっきりした目標をもたねばなりません。あとは鍛錬がすべてです。キリンが長い首を手に入れることができたのは、つねに高い所にある葉にむかって背伸びしたからであり、そうしたたゆまぬ努力によって、変わらぬ習慣によって、彼らの首が少しずつ伸びたからです。スポーツをすることで、私たちの身体に筋肉がつくのとまったく同じです。生きるとは、背伸びをすることです。私たち一人ひとりが。目標がすぐ手が届くほど近くに思えることもあるでしょう。ですが、それをじっさいに手に入れるために、努力しなければなりません。私たち一人ひとりのなかに、より高く上りたい、より高く成長したいという欲求が隠れています。私たちは身体のある部分や個々の器官にとくに荷重をかけます。すると、そうした継続的で粘り強い訓練によって、本当にその能力を高めることができるのです。それをある一定の方向へむかって教育できるのです。もちろん望ましい方向へです。なぜなら、教育とはもっとも大事なものだからです。外的要因は影響を及ぼさずにいません。それらすべてが性格、志向、行動、体格に影響します。すべては何かにつながっていきます。すべてが何らかの結果を招きます。すべてが何かの役に立つ。すべてに意味があるのです。生きるにしても死ぬにしても。そしてこうした努力のすべてが無駄になるということはありません。エネルギーはなくならないのですから。もちろん環境は私たちに影響をあたえます。適応がすべてです。習慣が人間を作ります。環境が変われば、そこに暮らす生物もまた変化します。環境ぬきに生物は存在し得ません」

チャイムが鳴った。

しかし、彼女の話はまだ終わっていなかった。

「もちろん効果が現れたのは、キリンの祖先がアカシアの葉にむかって、飽かずに首を伸ばしたからです。何世代もの長い時間をかけて、彼らはこの信じられないほど長い首を形成しました。ちょうど人類の祖先が、敵や獲物を見つけるために草原で何度も何度も立ち上がるうちに、とうとう直立歩行をするようになったように。どの世代も、それ以前の世代の果実を収穫するのです。皆が互いの基礎の上に何かを築いていく。私たちは努力したときだけ、何かを達成します。でも怠けていれば、一度獲得した能力を失います。かつて自分のものにしたすべてを失ってしまうのです。そうなれば、何もかもが無駄だったことになります。筋肉は衰え、思考能力は低下します。だから私たちは鍛錬しなければならない。頑張ること、努力すること、学ぶこと、習得したことを繰り返すことを絶対に止めてはならないのです。皆がいつでもどこでも助けてもらっていたら、もはやだれも自分で自分の面倒を見る努力をしなくなります。私たち一人ひとりが背伸びしなければならない。本当に努力しさえすれば、何だってできるのです」

　いったい彼女は何を言っているのだろう。椅子に座らずにいられない。すべての力を使い果たしていた。

「宿題はありません。解散してよろしい」

　まるで打ちのめされたようだった。

「では、体育（シュポルト・フライ）を始めます」一列に並んだ女子生徒たち。目はまっすぐ前。眩しそうにまばたきしている。太陽のせいだ。

「今日はドッジボールをします――皆さんの体力向上のためです。二グループに分かれて」

めまい。また座らないと。近くのベンチへ。両脚を伸ばす。これでいくらかましになった。生徒たちはメンバーを選んでいた。いつでも人気のほうが運動神経より優先されるなんて。ボールが投げ込まれる。試合が始まった。

生命は無目的で偶然だが、不可避だった。理論上は何でも可能だ。だがじっさいは何一つ可能ではない。人はいろいろ思い描く。ところが結局は毎日同じことのくり返しだ。状況に対応する。状況に応じて。何かが変わるまで、いつもこんなに長い時間がかかるなんて。そして本当に何かが変わるときには、それは間違いなのだ。そうなると、すべてがあっという間だ。一つのシステムが別のシステムより悪いかどうかなんて、後からは確認しようがない。一方が他方に比べて、より適していることが明らかになったというだけのことだ。自然は飛躍しない。歴史は飛躍するが。同じ一点を長く見つめていると、気分が悪くなる。すべての出来事は、物語としてのみ語ることができる。たくさんの個々の歩み。それが積算されていく。というのも、個々の出来事をつながりとして捉えることによってのみ、一つの後にまた一つ、一つのなかからまた一つというふうに、前後につなげることによってのみ、自然の歴史は語りうるからだ。霊長類は、視覚にたよった哺乳動物だ。つまり視覚人間だ。アメーバからサルへ。蚊からゾウへ。存在の鎖、人類の勃興。さまざまな出来事の連続、どれも中間段階の、未完成の生、未然の生命。進化における成功とはそもそも何だろう。トランプはつねにシャッフルしなおされる。正しいカードを引いた者が勝つ。

生徒たちは身構えた。ボールが飛ぶ。気の抜けたような球。だれにも当たらなくて当然だ。あの逃げよう。コートの端で押し合いへし合いしている。ボールを投げるにはコツがいる。的をよく狙って。いちばんいいのは腹部を狙うこと。まずは太っちょから。的になる面積が広すぎるのだ。一発でしとめる。当たった。外野へ。

つねに判断が必要だ。攻撃するか、逃げるか、持ちこたえるか。本能的に動くのが成功モデルだ。自然の本能をよみがえらせなければ。三百年前のように匂いを嗅ぐ。もう一度這いつくばって、四足歩行をする。一つ高い段階に上がったとき、退歩はふたたび利点であることが明らかになるだろう。すべての損失を補って余りある利益。前進するための小さな後退。何かが引っかかって止まってしまったときのように。大事なのは動くこと。未来に帰る。じっさい、オーロックスを復元しようという試みもあった。少なくともそれに似た牛を。太い首と張り出した角。外見的特徴に、さまざまな性質が加わる。自然のなかで飼育することによって。囲い地のなかで何とか生き長らえているすべての獣たちを、すっかり野生化する必要があるだろう。ダマジカ、ムフロン、バイソン、ノウマ、ヒグマ、オオカミ。では人間は？　己を家畜化した動物。生物学的必然ではなく、偶然の産物。進化が良いものだと、だれが言ったのか。進化は進化だ。それだけのこと。だが、何事もまずつなげることなしには語りようがないし、評価することなしには考えることもできない。良い、より良い、もっとも良い。完璧な器官である眼ですら、ふたたび退化することもある。退化もまた適応のための戦略なのだ。

粘り気のある栗の芽の小さな莢（さや）が、湿った砂の上に落ちている。プラステ袋が一枚、校庭で風に追い立てられている。外野になった者たちがチームを応援する。勝負はまだ決まっていない。何もかもオープンだ。

すべての終わりはオープンエンドだ。進化という言葉は、包みをほどくこと、展開することから来ている。隠れていたものが、開いた包みのなかから姿を現す。単純なものから複雑なものへ。学習指導要領と同じだ。完成にむかっての、絶え間ない適応。すべての生物は、一つの目的にむかって進んでいくように見える。どの原始魚類も、どの原始蝶類や原始爬虫類も基本的に哺乳類になろうとしていた。そしてどのホモ・サピエンスも、欠点のない未来の生き物になろうとしていたのだ。私たちを前へ駆り立てるのは、競争にほかならない。そして、進歩への生まれながらの志向。坂を上っていく。もっと高く、もっと速く、もっと遠くへ。キリンの首。首まで水に浸かっている。いちばん高い枝のサクランボ、グリーンランドの氷河。彼らは私たちを必要としていない。

すでにほとんどの法則性は発見され、森は間伐され、植物は栽培され、動物は飼い慣らされた。まるで野外博物館。何もかもがなんと秩序的なのだろう。すべてがそれぞれふさわしい場所にある。さまざまな凝集状態における有機物と無機物。偶然とは何を意味するのか。人は偶然を意図することすらできない。ましてや目的など。合目的的なものなど一つもない。だが、死は終わり、目的地だ。かりそめの。いたるところで意味づけがなされる。時間的に先に起きたことは、その後に起きることの前提条件になる。人は後からのほうがつねに賢くなっているものだ。少なくともそう考えられている。人間の次には何が来るのか。後戻りはできない。いまの存在が、あるべき存在でないとしたら、いったい何が？

サイドラインで、先に当てられた子たちが新入りを待っている。攻撃できるアウトラインからどいて、声援を送っている。三対三。生徒たちがどっと笑う。そのうちの一人がボールをぎりぎりで

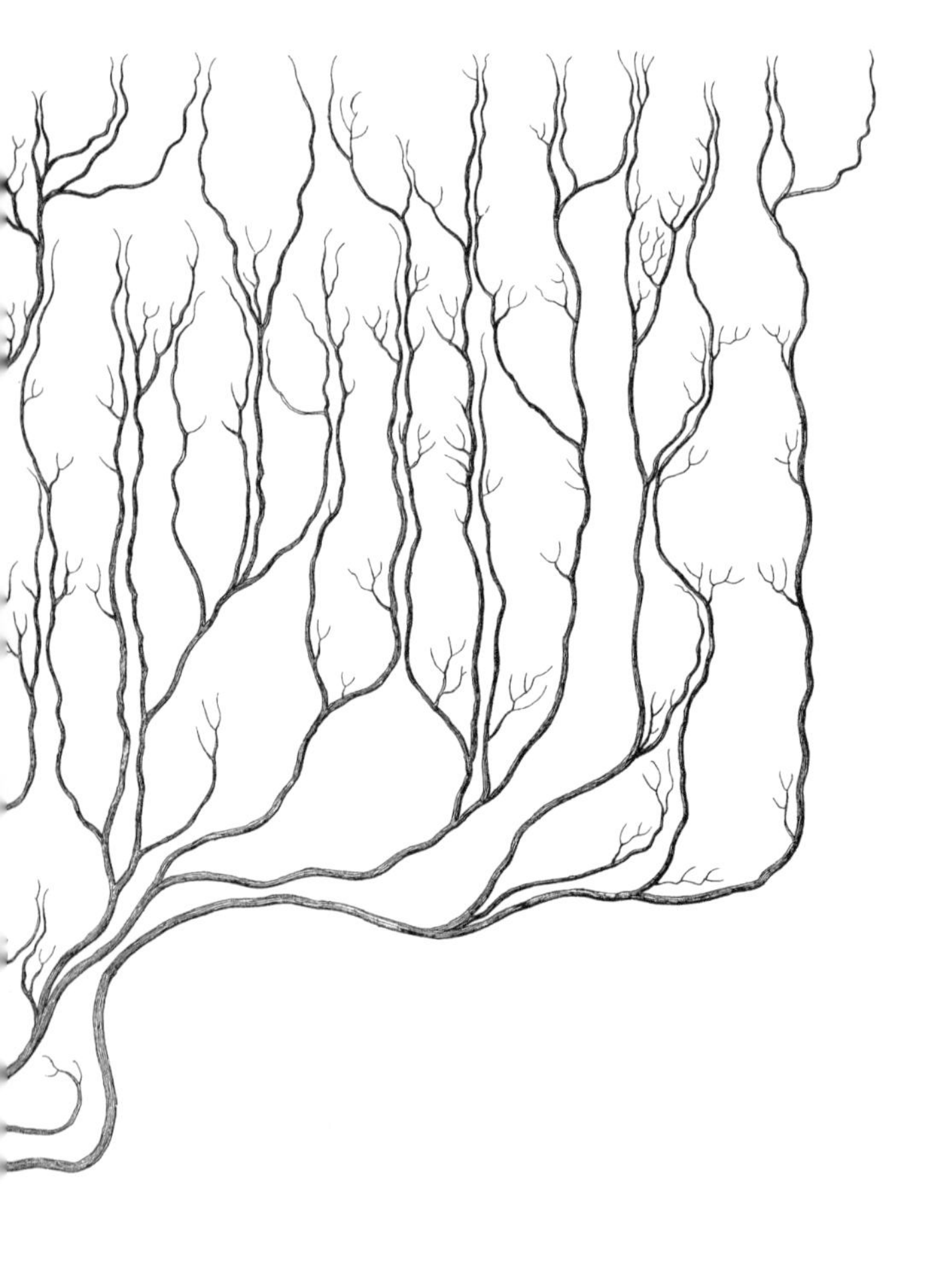

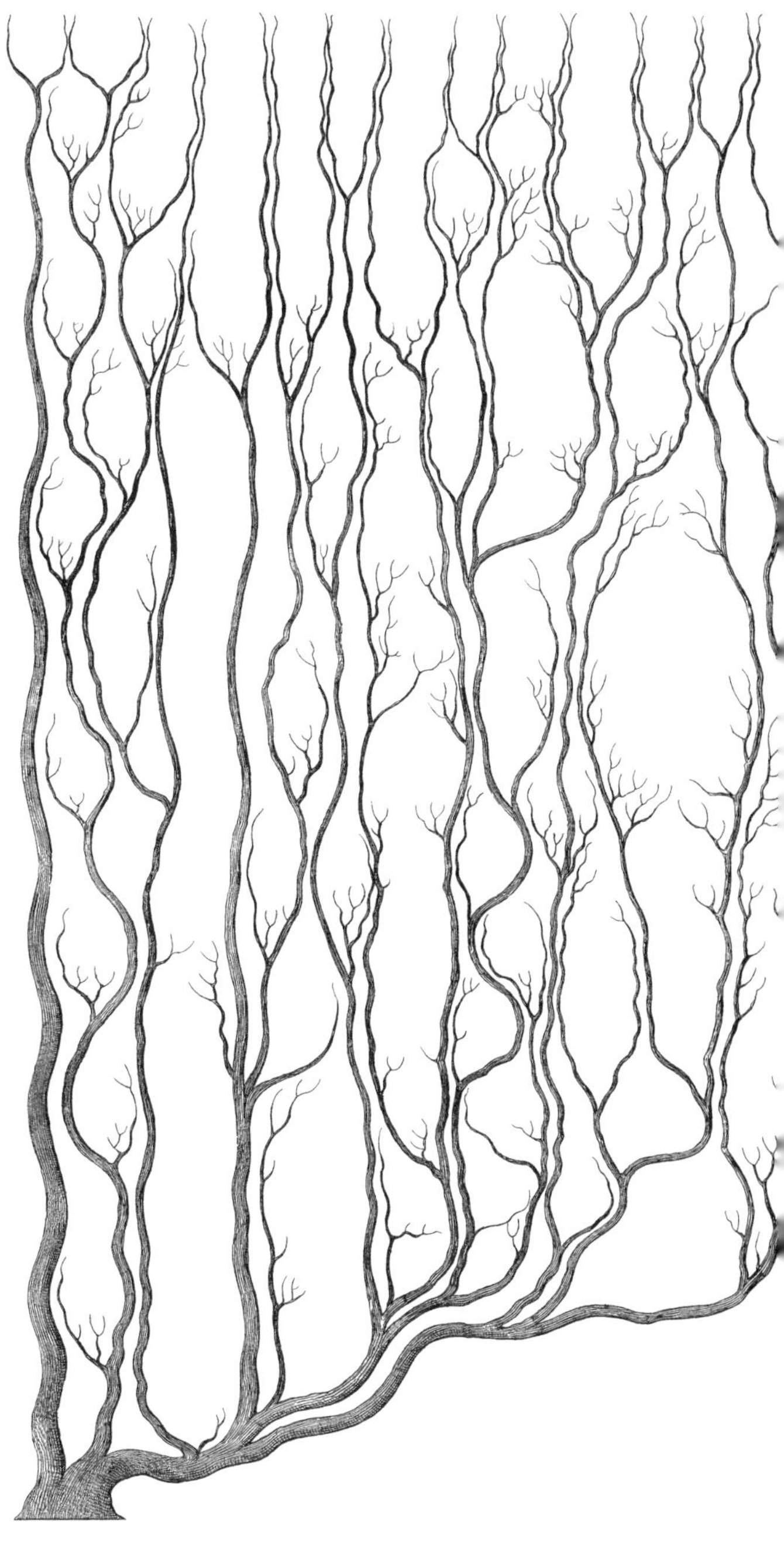

かわしたのだ。絶妙なよけ方だった。その身体のよじり方といったら。しゃがみこむ。片手をつく。後ろへ身体を反らす。そして結局倒れこむ。別の子が助け起こす。試合続行。ボールの勢いが増す。一人の腿にぴしゃっと当たる。アウト。

　勝者となるのは、もっとも能力のある者たちだ。勝者は正当な理由があって勝つのだ。自然には不当なことなどない。不公平もない。すべては自然。それが自然の本質。生き延びた者は勝ったのだ。いや、そうではない。生き延びた者は、そのまま生き延びる。ただそれだけ。今日例外だったことが、明日規則になるかもしれない。一度回りはじめた螺旋運動は、もう止められない。確かなのはただ、元のままでありつづける物は何一つないだろうということだ。永遠の変遷。それを押しとどめることも、修正することもできない。動的な惑星。完全を目指すことはあっても、それを想定してはいない。進歩は存在しない。進歩というのは論理的誤謬(ごびゅう)だ。すべては不完全だ、しかし希望がないわけではない。現在は一つの通過点にすぎず、人類は過渡的な生き物だ。どんな成果も中間結果にすぎない。すべては一時的なものだ。ハンスがいつも言っている。最後に正しいのは天気さ、予報じゃない。複雑化した種は、けっして長くは生き延びられなかった。

　面白い試合がつづいていた。針金のように細っこい小柄な子が、コートのなかを跳びまわっている。まるで野生動物のようだ。その白い歯。新鮮な空気。なんていい匂いだろう。

　あれは風呂に入っているときだった。彼女が初めてそのことを疑問に思ったのは。台所のテーブルの上に置かれた、楕円形の亜鉛製のたらいに浸かっていた。熱い湯はコンロの大きな鍋から、冷たい水は水道から汲んだ。母親がゴシゴシ洗ってくれた。硬い手ぬぐいで耳の後ろや足の指の間をこする。緑色の湯に、父親が出張のおみやげに買ってきてくれたインディアンのカヌーが浮かんでいた。「ここ」のほかには、何があるんだろう? あれは何歳のときだったか。まだ幼稚園に行っていた。が、亜鉛のたらいにはもう大きすぎた。脚が外にはみ出て、乾いていた。その疑問はずっと頭にあった。目を天井に、光に向けて。曇りガラスの光る玉のランプ。長い棒の先についていた。答えはない。手がかりすらない。何もない。空転する考え。まるきり想像できなかった。それで彼女は考えた。きっと学校に行ったら習うんだ。

チェンジコートだ。一からやり直し。赤く上気した頬。息を切らしている。何人かは汗までかいている。全員がふたたびコートに入る。喜びを分かち合う。もう一度はじめから。

クラウディアはたいていい一人だった。友だちはいなかった。友だちを作ろうと、いつも努力していたのに。テストの点は良かった。成績も。一年生か二年生の頃、クラウディアはクラス全体にいい印象をあたえるのに苦労していた。平たく言うと、クラウディアは人気がなかった。

泣きはらした顔で帰宅することもあった。そういうときはまた何かされたのだ。鉛筆を折る、セーターに繕（つくろ）えないほど大きな穴を開ける、何色でも書けるボールペンを盗る。しかし、クラウディアはけっして抵抗しなかった。

あの金曜日もそうだった。終わりから二番めの授業。だれももう集中していなかった。授業が始まった。クラウディアの席は空っぽだった。三列め。教卓から、彼女から遠く離れている。そのうちにクラウディアが来た。ドアをほんの少しだけ開けて、そっと入ってくる。見るからに疲れ切った様子だ。何かあったにちがいない。泣きはらした顔に髪の毛がかかっている。皆の視線を無視して、足を引きずるように自分の席へ向かう。そのとき、何かが起こった。彼女自身はクラスに背を向け、黒板に何か書いていていた。すると、クラウディアが突然叫び声を上げたのだ。ぞっとするような声。信じられないくらい大きな声だった。彼女は振り向いた。クラウディアの机が無茶苦茶になっていた。生物の教科書が床に落ちている。クラウディアは立ち上がった。前に来る。まっすぐ、彼女のほうへ。クラウディアは肩をすくめ、首をちぢめて、泣きながら言った。「ママ」ひろげた両腕。それで彼女は？「何の用？」それが彼女の答えだった。突き放した。自分から遠くへ。いったい何を期待していたのだろう？　クラウディアはくず折れた。倒れたまま、ずっと泣きつづけている。床に横たわるクラウディアの姿。背中をまるめて。机と椅子の間の通路に。教室の真ん中に。身体を痙攣させている。ほとんど息もできないようだった。自分の涙でむせている。目をつぶり、唇をぎゅっとかみしめている。そうしていつまでも泣きやまなかった。「ママ」何度もくりかえし「ママ」小さな子どものよう。クラウディアは彼女を呼んでいた。クラス全員の前で。もちろん彼女はクラウディアの母親だった。だが、何よりまず教師だった。クラウディアは床に倒れたまま泣きつづけた。だれもクラウディアのそばに行かなかった。だれも慰めなかった。彼女も。できない。クラスの前では。無理だった。ここは学校だ。これは授業だ。そして彼女はローマルク先生だった。

一陣の風。上下に揺れる木の枝。脚の感覚がなくなっている。ふたたびチェンジコート。短パンになっている生徒もいた。むきだしの子どもの膝。傷一つない。皮膚の下の丸みを帯びた皿。白く光るふくらはぎ。運動靴をはいた足。砂についた足跡。はりつめた筋肉。伸ばした腕。ボールが高く飛んだ。大きすぎる。ずっと遠くへ。さっと追いかける。ふたたび試合続行。彼女たちは疲れを知らなかった。強すぎる一球。当てられた子は悲しそうに外に出る。ラインの外の子と抱き合う。分かち合う苦しみ。その目はボールを追っている。

市壁側から、校庭をつっきってのろのろと近づいてくる一団がある。腰をかがめた歩き方。二列になって、本館のほうへ向かう小さな行進。年金生活者たちが生涯学習講座に行くところだ。金曜日はもう午後から講座がはじまるのだ。

彼女は手を叩いた。

「大変けっこう。今日はこれで終わりにします」

生徒たちは手を膝についた。ぜいぜいと息をしている。もう一度整列。

「ではまた来週」またいつか。

ヴォルフガングの姿は見えなかった。どうせ若鳥の小屋にいるのだろう。または孵卵器のところか。太陽は雲の後ろに消えていた。左手に繁殖三羽(トリオ)用の小屋がある。一羽の雄が仕切りのなかから出てきて、放牧場をぎこちなく歩きはじめる。灰褐色の雌一羽が、適当な距離をおいて後につづく。ゆったりと、まるでかかとの高い靴でも履いているように少しぐらぐらしている。二つの歩くランプシェード。歩きながら、バランスを探るように首を軽く前後に動かす。操り人形のようだ。見えない糸に吊られている。すべての身体の動きを、この首が先取りしている。

二羽の砂漠の鳥。すべてを注視し、ぼんやりと遠くを見つめている。草原の生き物。ちょうどいい。ここの土地も草原以外の何物でもないからだ。アフリカから来たのはキリンやダチョウだけでなく、ヒトもだ。だが、このダチョウたちはここで生まれた。自分の故郷を彼らは一度も見たことがない。そういえば彼女も、まだ一度もアフリカに行ったことがなかった。

デミンの町には、最近になってチョウザメの養殖場までできた。ロシアの市場に直接送るのだ。ともあれ二十人分の雇用ができた。塵も積もれば山となる。そしてブランデンブルク州のどこかでは、水牛の小さな群れが沼地で草を食むようになった。すべて外国から来た労働者。だがジャガイモだって、もとは輸入品だ。

やせた土地でもダチョウは生きられる。ここの気候は彼らに合っているのだ。ただし冬だけは難しい。ダチョウを外で飼育するには寒すぎる。かといって、閉じ込めておくこともできない。一日か二日なら何とかなるかもしれない。だが三日後にはもう脱走しかねない。彼らには我慢できない。何しろ走禽類なのだから。

もう一羽の雌は小屋の屋根の下で両脚を折りまげ、爬虫類のような足の上にしゃがみこんでいた。胸を下につけて、砂浴びを始める。地面の上で首をヘビのようにくねらせ、短い翼で埃っぽい砂粒を身体にかき寄せる。先の二羽のほうは、ヴォルフガングが角を曲げておいた柵にそって歩いていた。雄が近づいてくる。網目の間に頭をつっこむ。網の目は、ダチョウの小さな頭が通り抜けるのに十分な大きさだった。鳥は皆、潜りこめる穴を探す。身を隠すためだ。下等生物ですら、自分の身体の力とサイズを正しく認識しているものだ。だが、ダチョウは違う。針金の輪や板の隙間に、力いっぱい頭を通そうとする。潜りこもうとする本能。ダチョウに近づくときは、つねに恭しく振舞わなければならない。茶色い泥のなかの軟骨化した趾（あし）。長く白い剛毛におおわれた上腿、大きな毛穴、鳥肌。黒くしなやかな羽毛の下の、けば立った白いペチコート。短く、役に立たない翼。ダチョウの動き方。草の茂みから茂みへ、唐突に素早く移動する。つねに迷っている。好奇心と不信感の間で、つねに揺れうごいている。毛の生えた鼻の穴。ちっぽけな頭に生えた産毛。目は本当に美しかった。小さな頭蓋骨におさまった二つの丸いリンゴ。大きくて、黒くて、きらきら輝いている。長く黒いまつ毛。注意深いのと同時に気の抜けたようなまなざし。

どこかで押し車のきしむような音。とっさにダチョウは頭を引っこめた。首を上に伸ばす。白い尾羽が警戒の体勢になる。威嚇の衣装。そして脱兎のごとく逃げ出す。すっかり怖気づいて、身体を揺すりながらぬかるんだ放牧場を突っ走っていく。

今度は大きなガタガタという音が、向かいの小屋から聞こえる。門が開き、若鳥の一団がいっせいに外へ飛び出してきた。先を争いながら、大きなストライドで疾走する。馬と同じくらい速い。振り子のような首。一羽が翼を広げ、他の鳥たちもそれにならう。群れのぜんぶの鳥が翼を広げた。少しずつ輪をちぢめながら歩きまわり、飛び上がろうとするかのように、短い翼をはばたく。ピルエットの踊り。

けたたましい鳴き声。ツルの群れが、不意に空から降ってきたように見えた。映画のなかのような光。溶明（フェードイン）、すべてが光で照らし出されたようになる。雲の輪郭がくっきりと浮かび上がる。耐えがたい。しかし、美しかった。土の匂い。ダチョウたちが放牧場で踊っている。インゲ・ローマルクは柵の前に立ち、その光景を見つめていた。

外国語版のためのあとがき

世界中のいたるところで、学校はその人に生涯にわたって影響をあたえる経験の場となります。それは人類に共通するさまざまな経験のうちでも、基礎となる経験の一つです。国による学校制度の違いや、学校生活が刺激にみちたものだったか、反発が大きかったか、勇気づけられたか、それとも萎縮させられた時代だったかは関係ありません。大切なのは、あの時、あの場所で、「非常に多くのこと」が決定されたということなのです——それを肯定的に評価しようと、否定的に評価しようと。それは一つの完結した時間、完結した世界です。その目的は、若き人間を「外の」生活、「その後の」生活にむけて準備させることです。そこでは黒板や教科書をとおして、世界のイメージが伝達されます。人はその世界に、何の準備もできていない状態で対峙すべきではけっしてありません。人類学が教えてくれているように、人間は不完全な生物です。専門教育を受けた教師による教育や、援助を必要とします。この教師とは、ある知識分野を授業で伝達する大人なのですが、その人物と教える教科とが、見分けがつかないほど一体化していることもめずらしくありません。

私はいまでも、かつて教わった数学やドイツ語や生物学の先生たちの集団が、まるで遠い先祖のようにぼんやりと目の前に見える気がしますし、彼らがその性格や能力あるいは無能力によって、私の性質に決定的な影響をあたえたといまだに考えています。そして私たちのだれもが、そう私は主張するのですが、性別すら関係ないくらい、その役割と渾然一体となっているような教師を知っているはずです。あまりに完璧に同化していて、もはや下の名前（ファーストネーム）があるとすら思えない、ましてやその人物が血と肉からできた一人の人間だと想像することなど絶対にできないような教師を。私の小説の主人公であるインゲ・ローマルクは、そのような人物です。彼女にとって生徒は天敵です。彼女と生徒の関係の基礎にあるのは、距離をおくことです。寄り添ったり理解を示したりすることは弱さのあらわれであって、受け入れがたいものです。インゲ・ローマルクは生物教師であり、自然法則だけを信じています。より強い者の権利、信号刺激がひきおこす自動作用を信じています。世界を文学的、芸術的に解釈することは彼女の目から見れば無駄であり、愛とは子孫を産み育てることを可能にするための自然のトリックにすぎません。ローマルクの世界観のなかでは、表面的にはすべてがふさわしい場所にあるように見えます。それは固定化したシステムであり、そこに適合しないものは、適合するようにさせられます。ところが、よりによって生物学こそ、適応や変化といった柔軟な原則にもとづいているのです。たとえインゲ・ローマルクが認めたがらないとしても、自然のなかにはまだ多くの謎が残されています。たとえば、動物の世界でも見られる同性愛（ホモセクシュアリティ）の意味や、キリンの長い首がそうです。キリンがどのようにしてあのおどろくほど長い首を獲得することになったのか、進化論者たちはさまざまな解釈をしてきました。このキリンについての授業は、この小説の鍵となる場面です。なぜならインゲ・ローマルク自身が、いまや「首まで水に浸かっている」からです。これは追いつめられた状況を表すドイツ語の言い回しです。もし首まで水に浸かっている者がいたとしたら、その首の長さは生死にかかわる問題になります。

『キリンの首』は教養小説（ビルドゥングスロマン）です。十八世紀末にドイツで成立した文学ジャンルである教養小説・発展小説（エントヴィクルングスロマン）の法則性と関係しているからです。しかし、私の小説はこのジャンルの特徴を逆にしています。古典的な教養・発展小説では、広い世界に出かけていって心と魂の修養を積むのは、つねに若い男性です。しかし、ここでは五十歳代なかばの女性が、工業化の遅れた、しだいに過疎化の進む故郷にとどまります。彼女は広い教養を身につけており、非常に豊富な知識をもっていますが、その知識は心の奥底で彼女をたえず追い立てているものを解決するにはあまり役に立ちません。こうした実験的な構想自体がすでに、教養・発展小説という枠組みを根底から問い直すものです。なぜならとりわけ生物学が教えてくれるように、発展あるいは進化とは、すなわち進歩であると誤解されてはならないからです。はたしてインゲ・ローマルクは、物語のなかで進化、発展をとげたのでしょうか。その問いに対する答えは、読者一人ひとりが見つけなければなりません。

この本のなかで、私たちは彼女の視点から世界を体験します。彼女ははじめ反感を抱かせるような、けれども最終的には――そうなることを私は願っています――読む人の心をとらえる人物です。私自身執筆しながら、時にインゲ・ローマルクの奇妙なものの見方に賛同し、時に彼女に同情をおぼえている自分に気づきました。彼女自身は他人にたいして同情を感じることができない人であるにもかかわらずです。いや、むしろだからこそかもしれません。もし私の文章によって、このまったく未知の、もしかすると不愉快な人物の考え方や感じ方を理解し、追体験してもらうことに成功したなら、それはあらためて、自然科学による説明が及ばないような場所でこそ、文学の力が作用しはじめるのだというもう一つの証（あかし）になるでしょう。

この小説は、ほんの数十年前まで独裁体制が敷かれていた東部ドイツの、とるにたりない一地域を舞台にしつつ、新しい物事を学ぶことを拒否し、みずからの世界像を揺るがしかねないあらゆる経験を避けようとする一人の人間について語っています。そしてこうした人間はいたるところに、世界中にいるのです。

二〇一六年八月、ベルリンにて

ユーディット・シャランスキー

訳者あとがき

頭部のないキリンの絵の表紙に、たくさんの精密で美しい動植物の挿絵。ページの左下端には本文の内容をあらわす項目の柱が立てられている。いったい何の本だろう。手にとった方は首をかしげられるかもしれない。

『キリンの首』は、生物学を愛するドイツの女性作家にしてブックデザイナー、ユーディット・シャランスキーによる「教養小説(ビルドウングスロマン)」だ。古い生物学の教科書をイメージしたという装丁も、作家自身が手がけた。舞台は、生徒数減少のため四年後に廃校になることがすでに決まっている、旧東ドイツ地域の片田舎のギムナジウム。九月、十一月、三月のそれぞれ一日を、主人公のベテラン女性生物教師、インゲ・ローマルクの視点から描いた。職場でも私生活でも、適者生存というダーウィンの進化論を地で行くローマルク(フランスの博物学者・進化論者ラマルクを思わせる名前だ)の情け容赦ないまなざしが、生徒や同僚、家族や隣人に対して向けられる。おびただしい生物学用語とともに次々と繰り出される身もふたもないドライなコメントに、読者は思わず吹き出しながら、はたして自分は「安全な側」にいるのだろうかと、たびたびひやりとさせられる。けれども自然界の掟（おきて）を内面化することで完全武装しているかに見える彼女自身も、物語が進むにつれて、その鎧（よろい）の弱い部分を露呈しはじめる。少しずつ明らかにされる、主人公のかわいた家庭生活、過去の記憶。人間社会の営みにのみこまれつつあるローマルクの視線の先にある、緻密（ちみつ）で豊かな自然の美しさ、強さ。彼女のように、こうあるべき、という「役割」にみずから縛られて、やわらかい感情に蓋（ふた）をした経験はだれしもあるのではないだろうか。登場人物の繊細（せんさい）な感情のうごきを、少ない線で浮かび上がらせるシャランスキーの筆致はみごとだ。

「教養小説（ビルドゥングスロマン）」とは、著者によるあとがきにもあるように、主人公の成長過程を描くドイツ文学の伝統的なジャンルである。「発展小説（エントヴィクルングスロマン）」ともいう。（文学史的には両者の間には若干のニュアンスの違いがあるのだが、著者はこの二つの語を区別せずに使っているので、ここでは立ち入らない。）

今日「進化」を意味する語として使われるドイツ語の‘Evolution’（英語の‘evolution’にあたる）の語源はラテン語の‘ēvolūtio’であり、巻物を広げること、展開することを指した。進化をめぐる歴史的な議論のなかで、本来は外来語であるこの‘Evolution’のドイツ語の訳語としてしばしば用いられてきたのが、先ほどの「エントヴィクルング」（Entwicklung）という語である。「エントヴィクルング」とはもともと包みをほどくことを表し、「発展、成長、展開、（生物の）発生、進化」などさまざまな意味の広がりをもつ。つまり、「教養小説」もしくは「発展小説」である本書は、同時に「進化小説」なのであり、この物語に描かれているように、退化や衰退もまた進化の避けがたい一過程であるという意味では、「変化小説」であるとも言えるかもしれない。

二〇一一年に発表されたこの作品は、「文学の進化の頂点」としてフランクフルター・アルゲマイネ紙に絶賛されたほか、「心理学的、言語的な傑作（……）シャランスキーは生物学用語を詩に変えた」（ディ・ツァイト紙）、「悪意にみちていて、ウィットがあって、感動的。今年最高の小説」（ドイツの公共ラジオ、ドイチュラントフンク）、「ユーディット・シャランスキーは『キリンの首』で、一九八九年以降のドイツ文学にとってまさに歴史的次元の離れ業に成功した。まるでチェックポイントチャーリーにある冷戦時代の恐怖の展示室から借りてきたかのような、ありふれた東ドイツ的舞台装置とほぼ無縁の、ドイツ東部を舞台にした初めての小説」（シュピーゲル誌）といった賞賛が相次いだ。ヘルダーリーン奨励賞を受賞し、ドイツ書籍賞とヴィルヘルム・ラーベ賞のロングリストにもノミネートされた。上述のように作者自身によって施された装丁は二〇一二年の「もっとも美しいドイツの本」に選ばれた。ちょっと素っ気(そけ)ない雰囲気の、ざらざらとした目の粗いグレーの麻布は、しかしひとたび触れてみると手放したくなくなる手触りで、作家によると、主人公の人となりを表現しようとしたものだそうだ。日本語版の装丁は、活字を使ったデザインを追求していらっしゃる水戸部功さん。タイプの異なる装丁家の贅沢な出会いから、原書の印象そのままの、クールだけれども無機質ではない色合いと、縦と横の文字組みの調和がとても美しい表紙が生まれた。帯には文庫版の原書の色（ボール紙の色！）が取り入れられ、そこに浮かび上がる「キリンの首」の文字は、まるでスポットライトによって照らし出されたローマルク先生の自然劇場を表しているかのようだ。本書はドイツ本国でロングセラーとなって版を重ねており、ユーチューブなどでも視聴できる作家による朗読会の動画では、痛快でラディカルな描写にときおり聴衆の笑い声が上がる。舞台化もされて、毎年のようにドイツ各地で上演されている。

作者ユーディット・シャランスキーは一九八〇年、旧東ドイツの港町グライフスヴァルトに生まれ、大学で美術史とコミュニケーション・デザインを学んだ。最初に発表した『フラクトゥア、わが愛』（二〇〇六年）は、ドイツの古い書体フラクトゥアを集めたタイポグラフィの本だ。作家としては『青はおまえに似合わない――船乗り小説』（二〇〇八年）でデビュー。東ドイツの人気のない海辺で祖父母と過ごした、主人公の少女時代の記憶から書き起こし、ロシアやアメリカへの旅、セーラー服から連想されるさまざまなエピソードなどを綴った小説で、シャランスキーの作家としての核が垣間見えるような興味深い作品だ。つづく『奇妙な孤島の物語――私が行ったことのない、生涯行くこともないだろう50の島』（二〇〇九年、日本語版は二〇一六年、鈴木仁子訳、河出書房新社）は、青い海に浮かぶ島の地図と詩的な短い文章が遠い世界へのあこがれをかきたてる魅力的な本で、著者自らによる美しい装丁もあいまって世界的ベストセラーとなり、本作『キリンの首』と同様に「もっとも美しいドイツの本」にも選ばれた。なお、最近この『奇妙な孤島の物語』に新たに五つの島を加えた『増補改訂版　奇妙な孤島の物語――私が行ったことのない、生涯行くこともないだろう55の島』（二〇二一年、日本語版は二〇二二年、鈴木仁子訳、河出書房新社）が出された。なかでも環境問題を正面からとりあげた「太平洋ゴミ帝国」ことミッドウェー島についての記述は、ストレートに尖っていて傑作だ。お気に入りのソファに座って、絶海の孤島めぐりの旅に出る。究極の「エコツーリズム」とも言えるかもしれない。次の『失われたいくつかの物の目録』（二〇一八年、日本語版は二〇二〇年、拙訳、河出書房新社）は、歴史のなかで消滅してしまった古今東西の十二の物たちをとりあげた短編集だ。一つ一つの物語を収めた宝箱のようなデザインも作者自身によるもので、文章と装丁の一体性も高く評価され、ドイツでもっとも重要な文学賞の一つであるヴィルヘルム・ラーベ賞を受賞した。さらに『失われたいくつかの物の目録』のイタリア語版は二〇二〇年のストレーガ外国文学賞を受賞、英語版は二〇二一年の英国ブッカー国際賞および全米図書賞翻訳部門のロングリストにノミネートされた。「博物学」シリーズの編集者・ブックデザイナーとしても精力的に活動し、これまでに八十冊以上を刊行している。二〇二一年、ブックアートに貢献した人に贈られるグーテンベルク賞を受賞。作家・ブックデザイナーとしてのシャランスキーに対する評価はドイツ内外でますます高まっている。彼女の作品は世界二十ヶ国以上で翻訳されている。

＊

この物語全体は、三人称で書かれていながら、主人公ローマルクの視点からまるでモノローグのように進んでいく。目の前の現実、過去の記憶、想像、生物学に関する膨大な知識と彼女の個人的な話、それらの間を境い目なく絶えず行ったり来たりする。意識の流れをそのまま再現するような描写だ。内面世界ではすべてが軽く、すべてが重い。たとえば旧東ドイツの秘密警察シュタージ、東部で急激に進むインフラ整備、人口流出、労働市場改革のためのハルツ法など、アクチュアルな社会問題もそこかしこで顔をのぞかせるのだが、あくまでほんの一筆にとどめ、いっさい説明は加えない。周囲の風景や自然現象と同列に扱われている印象だ。自然界の物も人間社会の出来事も、すべての事象に対して等しく注がれるまなざしは、『失われたいくつかの物の目録』にも通ずるシャランスキー独特のリアリズムのように思われる。

本書の翻訳のために、大昔に学んだ古い知識を総動員しつつ、たくさんの生物学関連の調べ物をしたことはもちろんだが、ほかにも最初に読んだときには素通りしていたいろいろな物に気づいて、たびたび立ち止まることになった。たとえば、なつかしい東ドイツの物や言葉たち（ペルロン、プラステ、エクスクイジット、コンズム、デデロン……）が、まるで化石のようにひっそりと主人公の意識の地層のなかに埋もれているのを見つけるとときめいた。訳者にとっては初めて出会う単語も少なくなく、貴重な化石を知らぬ間に踏みつけていはしないかと、ときおり心配になった。それらはいつか発見されるのを待っているとも言えるし、待っていないとも言えるかもしれない。本書のなかのグリーンランドの氷河や高い木の上のサクランボ、つまりは自然物と同じように、「彼らは私たちを必要としていない」かもしれないからだ。

＊

最後に、本書の背景となっているドイツの学校制度と、多くの人にとっておそらくあまり耳馴染（みみなじ）みのない人名について、少しだけ補足しておきたい。

ドイツでは教育行政は国ではなく、州政府に委ねられており、各州間の教育政策の調整を行うための機関としては、常設各州文部大臣会議（ＫＭＫ）が設置されている。各州に基本的に共通するのは、以下のような分岐型の学校制度である。児童は基礎学校（グルントシューレ）で四年間の初等教育を受けた後、中等教育をどの学校で受けるかを選ぶことになっている。すなわち、職業訓練に入ることを前提とする基幹学校（ハウプトシューレ）（五年間）、専門学校へ進む実科学校（レアルシューレ）（六年間）、および大学に進学するギムナジウム（八年間もしくは九年間）のいずれかである。ギムナジウムの修了試験に合格すると、大学入学資格が得られる。しかし進路選択を十歳前後という早い段階でしなければならないことの弊害が批判され、近年は三つのコースを合わせた総合制学校（ゲザムトシューレ）や、基幹学校と実科学校の二つをまとめた中間学校（ミッテルシューレ）または地域学校（レギオナルシューレ）（州によって名称は異なる）も普及してきている。

一方、かつての東ドイツでは、ほぼすべての児童が十年制の総合技術学校（ＰＯＳ）で共通の義務教育を受けた。これはソ連の教育学の影響の下、教育と労働の結合をめざした教育機関で、社会的出自に関係なくすべての子どもたちに質の高い教育を施すことを理想とし、教科書やカリキュラムは与党ドイツ社会主義統一党（ＳＥＤ）によって決められていた。卒業後、生徒は職業訓練に入るか、または二年制の拡大上級学校（ＥＯＳ）へ進み、修了試験に合格すれば大学で学ぶことができた。ドイツ統一後はこうした単線型の学校制度は廃止され、西ドイツ地域に合わせた学校制度に再編された。

主人公と同僚の会話に登場するイヴァン・ミチューリン（一八五五〜一九三五）はロシア、ソビエト連邦の果樹園芸家、育種家。生物と環境の関係を重視し、遠隔交雑、接ぎ木などの方法により耐寒性の果樹の品種改良を行った。一九一七年の革命後はレーニンの支持を受け、ミチューリンの圃場(ほじょう)はソ連の育種事業の中心となった。

トロフィム・ルイセンコ（一八九八〜一九七六）はソビエト連邦の生物学者、農学者。ミチューリン農法の信奉者で、遺伝物質が生物の形質を決定するというメンデルの遺伝学を否定し、獲得形質が遺伝すると主張した。彼が提唱した春化（ヤロビゼーション）などの農法はスターリンによって支持され、ルイセンコはソ連科学アカデミー遺伝学研究所所長（一九四〇〜一九六五年）として、ソ連の生物学界を長年支配した。正統派の遺伝学者たちは逮捕、追放された。ルイセンコの理論は他の東側諸国にも多かれ少なかれ影響をあたえ、教育機関ではメンデルの遺伝学ではなく、ミチューリン＝ルイセンコ理論が教えられた時期があった。ルイセンコは一九六五年に失脚した。

リロ（リーゼロッテ）・ヘルマン（一九〇九～一九三八）はベルリン大学で生物学を学ぶ学生、共産党員だったが、ナチスへの抵抗運動に身を投じて逮捕された。国際世論の抗議にもかかわらず、四歳の息子を残してギロチン刑に処され、ナチスにより処刑された最初のドイツ人の母親となった。東ドイツでは、各地の公共機関が彼女にちなんで名づけられた。ドイツ統一後にその多くは改称されたが、いまなおいくつかの通りや託児施設が彼女の名前をとどめている。

＊

シャランスキーさんは多忙のなか、今回も訳者からの長い質問リストに快く、丁寧に答えてくださった。しっかりスケジュール管理をしながら励まし、辛抱強く見守ってくださった編集者の島田和俊さん、そしてテクストを丹念に読みこんで大量の調べ物をしてくださった校正者の方にも大変お世話になりました。心から御礼申し上げます。

二〇二二年五月

細井直子

著者略歴

ユーディット・シャランスキー
Judith Schalansky

1980年、旧東ドイツの港町グライフスヴァルト生まれ。作家・ブックデザイナー。9歳で東ドイツの崩壊を経験する。大学では美術史とコミュニケーション・デザインを専攻。2006年、ドイツの古い書体を集めたデザイン書『フラクトゥア、わが愛』を上梓。08年『青はおまえに似合わない――船乗り小説』で作家デビュー。09年には、50の孤島を手製の地図とテキストで綴った『奇妙な孤島の物語』を、11年には、本書『キリンの首』を発表し、ともにベストセラーとなる。13年からは、編集者兼ブックデザイナーとして、自然と人間をめぐる「博物学」シリーズも手がけ、すでに80冊以上を数える。18年『失われたいくつかの物の目録』でヴィルヘルム・ラーベ賞受賞。作品は世界20ヶ国以上で翻訳され、本書は「もっとも美しいドイツの本」にも選ばれた。ベルリン在住。

訳者略歴

細井直子（ほそい・なおこ）

1970年横浜生まれ。慶應義塾大学大学院文学研究科ドイツ文学専攻博士課程単位取得退学。ケルン大学大学院に3年にわたり留学。訳書に、J・シャランスキー『失われたいくつかの物の目録』（河出書房新社、第7回日本翻訳大賞）、C・G・ユング『夢分析II』（共訳、人文書院）、C・フンケ『どろぼうの神さま』『竜の騎士』、T・ハウゲン『月の石』（いずれも、WAVE出版）など。

Illustration page 24/25: Peter Visscher © Dorling Kindersley

キリンの首

2022年7月20日　初版印刷
2022年7月30日　初版発行

著　者　ユーディット・シャランスキー
訳　者　細井直子
装　丁　水戸部功
発行者　小野寺優
発行所　株式会社 河出書房新社
〒151-0051 東京都渋谷区千駄ヶ谷2-32-2
電話　(03) 3404-1201〔営業〕(03) 3404-8611〔編集〕
https://www.kawade.co.jp/
印刷　株式会社亨有堂印刷所
製本　小泉製本株式会社

Printed in Japan
ISBN978-4-309-20859-6